Heinrich Bölls treffsichere Satiren entlarven den geschäfti-
gen Kulturbetrieb, den Talmiglanz und die Mißbildungen
unserer Gesellschaft auf höchst vergnügliche Weise. Anstatt
pessimistisch aus dem Schmollwinkel heraus über den Kul-
turverfall zu lamentieren, kleidet Böll seine kritischen Ab-
sichten in Humor. So zwingt er den Leser zu lächelnder
Einsicht. Ob er in der hinreißend komischen Erzählung
›Nicht nur zur Weihnachtszeit‹ die Verlogenheit derjenigen
attackiert, die sich unmittelbar nach der Katastrophe sogleich
wieder in leergelaufenen bürgerlichen Konventionen gefie-
len, oder in ›Doktor Murkes gesammeltes Schweigen‹ gewisse hochtrabende Produkte der Kulturindustrie entzau-
bert, immer trifft er den neuralgischen Punkt. Sechzehn
bisher in verschiedenen Teilausgaben verstreute satirische
Erzählungen des Autors wurden erstmals in diesem Band
zusammengefaßt.

Dieses Buch liegt auch in der Reihe dtv-großdruck
als Band 2526 vor.

Heinrich Böll:
Nicht nur zur Weihnachtszeit
Satiren

Deutscher
Taschenbuch
Verlag

1. Auflage April 1966
26. Auflage Februar 1980: 491. bis 520. Tausend
Deutscher Taschenbuch Verlag GmbH & Co. KG,
München
Lizenzausgabe des Verlages Kiepenheuer & Witsch,
Köln · Berlin
Umschlaggestaltung: Celestino Piatti
Gesamtherstellung: C. H. Beck'sche Buchdruckerei,
Nördlingen
Printed in Germany · ISBN 3-423-00350-2

Inhalt

Nicht nur zur Weihnachtszeit (1951) 7
Mein Onkel Fred (1951) 35
Der Lacher (1952) 40
Schicksal einer henkellosen Tasse (1952) 43
Die unsterbliche Theodora (1953) 51
Bekenntnis eines Hundefängers (1953) 56
Erinnerungen eines jungen Königs (1953) 59
Im Lande der Rujuks (1953) 66
Hier ist Tibten (1953) 71
Unberechenbare Gäste (1954) 75
Es wird etwas geschehen (1954) 81
Doktor Murkes gesammeltes Schweigen (1955) . . . 87
Hauptstädtisches Journal (1957) 113
Der Wegwerfer (1957) 123
Der Bahnhof von Zimpren (1958) 135
Keine Träne um Schmeck (1961) 147

I

In unserer Verwandtschaft machen sich Verfallserscheinungen bemerkbar, die man eine Zeitlang stillschweigend zu übergehen sich bemühte, deren Gefahr ins Auge zu blicken man nun aber entschlossen ist. Noch wage ich nicht, das Wort Zusammenbruch anzuwenden, aber die beunruhigenden Tatsachen häufen sich derart, daß sie eine Gefahr bedeuten und mich zwingen, von Dingen zu berichten, die den Ohren der Zeitgenossen zwar befremdlich klingen werden, deren Realität aber niemand bestreiten kann. Schimmelpilze der Zersetzung haben sich unter der ebenso dicken wie harten Kruste der Anständigkeit eingenistet, Kolonien tödlicher Schmarotzer, die das Ende der Unbescholtenheit einer ganzen Sippe ankündigen. Heute müssen wir es bedauern, die Stimme unseres Vetters Franz überhört zu haben, der schon früh begann, auf die schrecklichen Folgen aufmerksam zu machen, die ein »an sich« harmloses Ereignis haben werde. Dieses Ereignis selbst war so geringfügig, daß uns das Ausmaß der Folgen nun erschreckt. Franz hat schon früh gewarnt. Leider genoß er zu wenig Reputation. Er hat einen Beruf erwählt, der in unserer gesamten Verwandtschaft bisher nicht vorgekommen ist, auch nicht hätte vorkommen dürfen: er ist Boxer geworden. Schon in seiner Jugend schwermütig und von einer Frömmigkeit, die immer als »inbrünstiges Getue« bezeichnet wurde, ging er früh auf Bahnen, die meinem Onkel Franz – diesem herzensguten Menschen – Kummer bereiteten. Er liebte es, sich der Schulpflicht in einem Ausmaß zu entziehen, das nicht mehr als normal bezeichnet werden kann. Er traf sich mit fragwürdigen Kumpanen in abgelegenen Parks und dichten Gebüschen vorstädtischen Charakters. Dort übten sie die harten Regeln des Faustkampfes, ohne sich bekümmert darum zu zeigen, daß das humanistische Erbe vernachlässigt wurde. Diese Burschen zeigten schon früh die Untugenden ihrer Generation, von der sich ja inzwischen herausgestellt hat, daß sie nichts taugt. Die erregenden Geisteskämpfe früherer Jahrhunderte interessierten sie nicht, zu sehr waren sie mit den fragwürdigen Aufregungen ihres eigenen Jahrhunderts beschäftigt. Zunächst schien mir, Franzens Frömmigkeit stehe im Gegensatz zu diesen regelmäßigen Übungen in passiver und aktiver Brutalität. Doch heute beginne ich manches zu ahnen. Ich werde darauf zurückkommen müssen.

Franz also war es, der schon frühzeitig warnte, der sich von der Teilnahme an gewissen Feiern ausschloß, das Ganze als Getue und Unfug bezeichnete, sich vor allem später weigerte, an Maßnahmen teilzunehmen, die zur Erhaltung dessen, was er Unfug nannte, sich als erforderlich erwiesen. Doch – wie gesagt – besaß er zu wenig Reputation, um in der Verwandtschaft Gehör zu finden.

Jetzt allerdings sind die Dinge in einer Weise ins Kraut geschossen, daß wir ratlos dastehen, nicht wissend, wie wir ihnen Einhalt gebieten sollen.

Franz ist längst ein berühmter Faustkämpfer geworden, doch weist er heute das Lob, das ihm in der Familie gespendet wird, mit derselben Gleichgültigkeit zurück, mit der er sich damals jede Kritik verbat.

Sein Bruder aber – mein Vetter Johannes –, ein Mensch, für den ich jederzeit meine Hand ins Feuer gelegt hätte, dieser erfolgreiche Rechtsanwalt, Lieblingssohn meines Onkels – Johannes soll sich der kommunistischen Partei genähert haben, ein Gerücht, das zu glauben ich mich hartnäckig weigere. Meine Kusine Lucie, bisher eine normale Frau, soll sich nächtlicherweise in anrüchigen Lokalen, von ihrem hilflosen Gatten begleitet, Tänzen hingeben, für die ich kein anderes Beiwort als existentialistisch finden kann, Onkel Franz selbst, dieser herzensgute Mensch, soll geäußert haben, er sei lebensmüde, er, der in der gesamten Verwandtschaft als ein Muster an Vitalität galt und als ein Vorbild dessen, was man uns einen christlichen Kaufmann zu nennen gelehrt hat.

Arztrechnungen häufen sich, Psychiater, Seelentestler werden einberufen. Einzig meine Tante Milla, die als Urheberin all dieser Erscheinungen bezeichnet werden muß, erfreut sich bester Gesundheit, lächelt, ist wohl und heiter, wie sie es fast immer war. Ihre Frische und Munterkeit beginnen jetzt langsam uns aufzuregen, nachdem uns ihr Wohlergehen lange Zeit so sehr am Herzen lag. Denn es gab eine Krise in ihrem Leben, die bedenklich zu werden drohte. Gerade darauf muß ich näher eingehen.

II

Es ist einfach, rückwirkend den Herd einer beunruhigenden Entwicklung auszumachen – und merkwürdig, erst jetzt, wo ich es nüchtern betrachte, kommen mir die Dinge, die sich seit fast zwei Jahren bei unseren Verwandten begeben, außergewöhnlich vor.

Wir hätten früher auf die Idee kommen können, es stimme etwas nicht. Tatsächlich, es stimmt etwas nicht, und wenn überhaupt jemals irgend etwas gestimmt hat – ich zweifle daran –, hier gehen Dinge vor sich, die mich mit Entsetzen erfüllen. Tante Milla war in der ganzen Familie von jeher wegen ihrer Vorliebe für die Ausschmückung des Weihnachtsbaumes bekannt, eine harmlose, wenn auch spezielle Schwäche, die in unserem Vaterland ziemlich verbreitet ist. Ihre Schwäche wurde allgemein belächelt, und der Widerstand, den Franz von frühester Jugend an gegen diesen »Rummel« an den Tag legte, war immer Gegenstand heftigster Entrüstung, zumal Franz ja sowieso eine beunruhigende Erscheinung war. Er weigerte sich, an der Ausschmückung des Baumes teilzunehmen. Das alles verlief bis zu einem gewissen Zeitpunkt normal. Meine Tante hatte sich daran gewöhnt, daß Franz den Vorbereitungen in der Adventszeit fernblieb, auch der eigentlichen Feier, und erst zum Essen erschien. Man sprach nicht einmal mehr darüber.

Auf die Gefahr hin, mich unbeliebt zu machen, muß ich

hier eine Tatsache erwähnen, zu deren Verteidigung ich nur sagen kann, daß sie wirklich eine ist. In den Jahren 1939 bis 1945 hatten wir Krieg. Im Krieg wird gesungen, geschossen, geredet, gekämpft, gehungert und gestorben – und es werden Bomben geschmissen – lauter unerfreuliche Dinge, mit deren Erwähnung ich meine Zeitgenossen in keiner Weise langweilen will. Ich muß sie nur erwähnen, weil der Krieg Einfluß auf die Geschichte hatte, die ich erzählen will. Denn der Krieg wurde von meiner Tante Milla nur registriert als eine Macht, die schon Weihnachten 1939 anfing, ihren Weihnachtsbaum zu gefährden. Allerdings war ihr Weihnachtsbaum von einer besonderen Sensibilität.

Die Hauptattraktion am Weihnachtsbaum meiner Tante Milla waren gläserne Zwerge, die in ihren hocherhobenen Armen einen Korkhammer hielten und zu deren Füßen glockenförmige Ambosse hingen. Unter den Fußsohlen der Zwerge waren Kerzen befestigt, und wenn ein gewisser Wärmegrad erreicht war, geriet ein verborgener Mechanismus in Bewegung, eine hektische Unruhe teilte sich den Zwergenarmen mit, sie schlugen wie irr mit ihren Korkhämmern auf die glockenförmigen Ambosse und riefen so, ein Dutzend an der Zahl, ein konzertantes, elfenhaft feines Gebimmel hervor. Und an der Spitze des Tannenbaumes hing ein silbrig gekleideter rotwangiger Engel, der in bestimmten Abständen seine Lippen voneinander hob und »Frieden« flüsterte, »Frieden«. Das mechanische Geheimnis dieses Engels ist, konsequent gehütet, mir später erst bekannt geworden, obwohl ich damals fast wöchentlich Gelegenheit hatte, ihn zu bewundern. Außerdem gab es am Tannenbaum meiner Tante natürlich Zuckerkringel, Gebäck, Engelhaar, Marzipanfiguren und – nicht zu vergessen – Lametta, und ich weiß noch, daß die sachgemäße Anbringung des vielfältigen Schmuckes erhebliche Mühe kostete, die Beteiligung aller erforderte und die ganze Familie am Weihnachtsabend vor Nervosität keinen Appetit hatte, die Stimmung dann – wie man so sagt – einfach gräßlich war, ausgenommen bei meinem Vetter Franz, der an diesen Vorbereitungen ja nicht teilgenommen hatte und sich als einziger Braten und Spargel, Sahne und Eis schmekken ließ. Kamen wir dann am zweiten Weihnachtstag zu Besuch und wagten die kühne Vermutung, das Geheimnis des sprechenden Engels beruhe auf dem gleichen Mechanismus, der gewisse Puppen veranlaßt, »Mama« oder »Papa« zu sagen, so ernteten wir nur höhnisches Gelächter. Nun wird man sich denken können, daß in der Nähe fallende Bomben einen solch sensiblen Baum aufs höchste gefährdeten. Es kam zu schrecklichen Szenen, wenn die Zwerge vom Baum gefallen waren, einmal stürzte sogar der Engel. Meine Tante war untröstlich. Sie gab sich unendliche Mühe, nach jedem Luftangriff den Baum komplett wiederherzustellen, ihn wenigstens während der Weihnachtstage zu erhalten. Aber schon im Jahre 1940 war nicht mehr daran zu denken. Wieder auf die Gefahr hin, mich sehr unbeliebt zu machen, muß ich hier kurz erwähnen, daß die Zahl der Luftangriffe auf unsere Stadt tatsächlich erheblich war, von ihrer Heftigkeit ganz zu schweigen. Jedenfalls wurde der Weihnachtsbaum meiner Tante ein Opfer – von anderen Opfern zu sprechen, verbietet mir der rote Faden – der modernen Kriegführung; fremdländische Ballistiker löschten seine Existenz vorübergehend aus.

Wir alle hatten wirklich Mitleid mit unserer Tante, die eine reizende und liebenswürdige Frau war. Es tat uns leid, daß sie nach harten Kämpfen, endlosen Disputen, nach Tränen und Szenen sich bereit erklären mußte, für Kriegsdauer auf ihren Baum zu verzichten.

Glücklicherweise – oder soll ich sagen unglücklicherweise? – war dies fast das einzige, was sie vom Krieg zu spüren bekam. – Der Bunker, den mein Onkel baute, war einfach bombensicher, außerdem stand jederzeit ein Wagen bereit, meine Tante Milla in Gegenden zu entführen, wo von der unmittelbaren Wirkung des Krieges nichts zu sehen war; es wurde alles getan, um ihr den Anblick der gräßlichen Zerstörungen zu ersparen. Meine beiden Vettern hatten das Glück, den Kriegsdienst nicht in seiner härtesten Form zu erleben.

Johannes trat schnell in die Firma meines Onkels ein, die in der Gemüseversorgung unserer Stadt eine entscheidende Rolle spielt. Zudem war er gallenleidend. Franz hingegen wurde zwar Soldat, war aber nur mit der Bewachung von Gefangenen betraut, ein Posten, den er zur Gelegenheit nahm, sich auch bei seinen militärischen Vorgesetzten unbeliebt zu machen, indem er Russen und Polen wie Menschen behandelte. Meine Kusine Lucie war damals noch nicht verheiratet und half im Geschäft. Einen Nachmittag in der Woche half sie im freiwilligen Kriegsdienst in einer Hakenkreuzstickerei. Doch will ich hier nicht die politischen Sünden meiner Verwandten aufzählen.

Aufs Ganze gesehen jedenfalls fehlte es weder an Geld noch an Nahrungsmitteln und jeglicher erforderlichen Sicherheit, und meine Tante empfand nur den Verzicht auf ihren Baum als bitter. Mein Onkel Franz, dieser herzensgute Mensch, hat sich fast fünfzig Jahre hindurch erhebliche Verdienste erworben, indem er in tropischen und subtropischen Ländern Apfelsinen und Zitronen aufkaufte und sie gegen einen entsprechenden Aufschlag weiter in den Handel gab. Im Kriege dehnte er sein Geschäft auch auf weniger wertvolles Obst und Gemüse aus. Aber nach dem Kriege kamen die erfreulichen Früchte, denen sein Hauptinteresse galt, als Zitrusfrüchte wieder auf und wurden Gegenstand des schärfsten Interesses aller Käuferschichten. Hier gelang es Onkel Franz, sich wieder maßgebend einzuschalten, und er brachte die Bevölkerung in den Genuß von Vitaminen und sich in den eines ansehnlichen Vermögens.

Aber er war fast siebzig, wollte sich nun zur Ruhe setzen, das Geschäft seinem Schwiegersohn übergeben. Da fand jenes Ereignis statt, das wir damals belächelten, das uns heute aber als Ursache der ganzen unseligen Entwicklung erscheint.

Meine Tante Milla fing wieder mit dem Weihnachtsbaum an. Das war an sich harmlos; sogar die Zähigkeit, mit der sie darauf bestand, daß alles »so sein sollte wie früher«, entlockte uns nur ein Lächeln. Zunächst bestand wirklich kein Grund, diese Sache allzu ernst zu nehmen. Zwar hatte der Krieg manches zerstört, das wiederherzustellen mehr Sorge bereitete, aber warum – so sagten wir uns – einer charmanten alten Dame diese kleine Freude nehmen?

Jedermann weiß, wie schwer es war, damals Butter und Speck zu bekommen. Aber sogar für meinen Onkel Franz, der über die besten Beziehungen verfügte, war die Beschaffung von Marzipanfiguren, Schokoladenkringeln und Kerzen im Jahre 1945 unmöglich. Erst im Jahre 1946 konnte alles bereitgestellt werden. Glücklicherweise war noch eine komplette Garnitur von Zwergen und Ambossen sowie ein Engel erhalten geblieben.

Ich entsinne mich des Tages noch gut, an dem wir eingeladen waren. Es war im Januar 1947, Kälte herrschte draußen. Aber bei meinem Onkel war es warm, und es herrschte kein Mangel an Eßbarem. Und als die Lampen gelöscht, die Kerzen angezündet waren, als die Zwerge anfingen zu hämmern, der Engel »Frieden« flüsterte, »Frieden«, fühlte ich mich lebhaft zurückversetzt in eine Zeit, von der ich angenommen hatte, sie sei vorbei.

Immerhin, dieses Erlebnis war, wenn auch überraschend, so doch nicht außergewöhnlich. Außergewöhnlich war, was ich drei Monate später erlebte. Meine Mutter – es war Mitte März geworden – hatte mich hinübergeschickt, nachzuforschen, ob bei Onkel Franz »nichts zu machen« sei. Es ging ihr um Obst. Ich schlenderte in den benachbarten Stadtteil – die Luft war mild, es dämmerte. Ahnungslos schritt ich an bewachsenen Trümmerhalden und verwilderten Parks vorbei, öffnete das Tor zum Garten meines Onkels, als ich plötzlich bestürzt stehenblieb. In der Stille des Abends war sehr deutlich zu hören, daß im Wohnzimmer meines Onkels gesungen wurde. Singen ist eine gute deutsche Sitte, und es gibt viele Frühlingslieder – hier aber hörte ich deutlich:

holder Knabe im lockigen Haar . . .

Ich muß gestehen, daß ich verwirrt war. Ich ging langsam

näher, wartete das Ende des Liedes ab. Die Vorhänge waren zugezogen, ich beugte mich zum Schlüsselloch. In diesem Augenblick drang das Gebimmel der Zwergenglocken an mein Ohr, und ich hörte deutlich das Flüstern des Engels. Ich hatte nicht den Mut, einzudringen, und ging langsam nach Hause zurück. In der Familie rief mein Bericht allgemeine Belustigung hervor. Aber erst als Franz auftauchte und Näheres berichtete, erfuhren wir, was geschehen war:

Um Mariä Lichtmeß herum, zu der Zeit also, wo man in unseren Landen die Christbäume plündert, sie dann auf den Kehricht wirft, wo sie von nichtsnutzigen Kindern aufgegriffen, durch Asche und sonstigen Unrat geschleift und zu mancherlei Spiel verwendet werden, um Lichtmeß herum war das Schreckliche geschehen. Als mein Vetter Johannes am Abend des Lichtmeßtages, nachdem ein letztes Mal der Baum gebrannt hatte – als Johannes begann, die Zwerge von den Klammern zu lösen, fing meine bis dahin so milde Tante jämmerlich zu schreien an, und zwar so heftig und plötzlich, daß mein Vetter erschrak, die Herrschaft über den leise schwankenden Baum verlor, und schon war es geschehen: es klirrte und klingelte, Zwerge und Glocken, Ambosse und der Spitzenengel, alles stürzte hinunter, und meine Tante schrie.

Sie schrie fast eine Woche lang. Neurologen wurden herbeitelegraphiert, Psychiater kamen in Taxen herangerast – aber alle, auch Kapazitäten, verließen achselzuckend, ein wenig erschreckt auch, das Haus. Keiner hatte diesem unerfreulich schrillen Konzert ein Ende bereiten können. Nur die stärksten Mittel brachten einige Stunden Ruhe, doch ist die Dosis Luminal, die man einer Sechzigjährigen täglich verabreichen kann, ohne ihr Leben zu gefährden, leider gering. Es ist aber eine Qual, eine aus allen Leibeskräften schreiende Frau im Hause zu haben: schon am zweiten Tage befand sich die Familie in völliger Auflösung. Auch der Zuspruch des Priesters, der am Heiligen Abend der Feier beizuwohnen pflegte, blieb vergeblich: meine Tante schrie.

Franz machte sich besonders unbeliebt, weil er riet, einen regelrechten Exorzismus anzuwenden. Der Pfarrer schalt ihn, die Familie war bestürzt über seine mittelalterlichen Anschauungen, der Ruf seiner Brutalität überwog für einige Wochen seinen Ruf als Faustkämpfer.

Inzwischen wurde alles versucht, meine Tante aus ihrem Zustand zu erlösen. Sie verweigerte die Nahrung, sprach nicht, schlief nicht; man wandte kaltes Wasser an, heiße Fußbäder, Wechselbäder, die Ärzte schlugen in Lexika nach, suchten nach dem Namen dieses Komplexes, fanden ihn nicht.

Und meine Tante schrie. Sie schrie so lange, bis mein Onkel Franz – dieser wirklich herzensgute Mensch – auf die Idee kam, einen neuen Tannenbaum aufzustellen.

III

Die Idee war ausgezeichnet, aber sie auszuführen, erwies sich als äußerst schwierig. Es war fast Mitte Februar geworden, und es ist verhältnismäßig schwer, um diese Zeit einen diskutablen Tannenbaum auf dem Markt zu finden. Die gesamte Geschäftswelt hat sich längst – mit erfreulicher Schnelligkeit übrigens – auf andere Dinge eingestellt. Karneval ist nahe: Masken und Pistolen, Cowboyhüte und verrückte Kopfbedeckungen für Czardasfürstinnen füllen die Schaufenster, in denen man sonst Engel und Engelhaar, Kerzen und Krippen hat bewundern können. Die Zuckerwarenläden haben längst den Weihnachtskrempel in ihre Lager zurücksortiert, während Knallbonbons nun ihre Fenster zieren. Jedenfalls, Tannenbäume gibt es um diese Zeit auf dem regulären Markt nicht.

Es wurde schließlich eine Expedition raublustiger Enkel mit Taschengeld und einem scharfen Beil ausgerüstet: sie fuhren in den Staatsforst und kamen gegen Abend, offenbar in bester Stimmung, mit einer Edeltanne zurück. Aber inzwischen war festgestellt worden, daß vier Zwerge, sechs glockenförmige Ambosse und der Spitzenengel völlig zerstört waren. Die Marzipanfiguren und das Gebäck waren den gierigen Enkeln zum Opfer gefallen. Auch diese Generation, die dort heranwächst, taugt nichts, und wenn je eine Generation etwas getaugt hat – ich zweifle daran –, so komme ich doch zu der Überzeugung, daß es die Generation unserer Väter war.

Obwohl es an Barmitteln, auch an den nötigen Beziehungen nicht fehlte, dauerte es weitere vier Tage, bis die Ausrüstung komplett war. Währenddessen schrie meine Tante ununterbrochen. Telegramme an die deutschen Spielzeugzentren, die gerade im Aufbau begriffen waren, wurden durch den Äther gejagt, Blitzgespräche geführt, von jungen erhitzten Postgehilfen wurden in der Nacht Expreßpakete angebracht, durch Bestechung wurde kurzfristig eine Einfuhrgenehmigung aus der Tschechoslowakei durchgesetzt.

Diese Tage werden in der Chronik der Familie meines Onkels als Tage mit außerordentlich hohem Verbrauch an Kaffee, Zigaretten und Nerven erhalten bleiben. Inzwischen fiel meine Tante zusammen: ihr rundliches Gesicht wurde hart und eckig, der Ausdruck der Milde wich dem einer unnachgiebigen Strenge, sie aß nicht, trank nicht, schrie dauernd, wurde von zwei Krankenschwestern bewacht, und die Dosis Luminal mußte täglich erhöht werden.

Franz erzählte uns, daß in der ganzen Familie eine krankhafte Spannung geherrscht habe, als endlich am 12. Februar die Tannenbaumausrüstung wieder vollständig war. Die Kerzen wurden entzündet, die Vorhänge zugezogen, meine Tante wurde aus dem Krankenzimmer herübergebracht, und man hörte unter den Versammelten nur Schluchzen und Kichern. Der Gesichtsausdruck meiner Tante milderte sich schon im Schein der Kerzen, und als deren Wärme den richtigen Grad erreicht hatte, die Glasburschen wie irr zu hämmern anfingen, schließlich auch der Engel »Frieden« flüsterte, »Frieden«, ging ein wunderschönes Lächeln über ihr Gesicht, und kurz darauf stimmte die ganze Familie das Lied ›O Tannenbaum‹ an. Um das Bild zu vervollständigen, hatte man auch den Pfarrer eingeladen, der ja üblicherweise den Heiligen Abend bei Onkel Franz zu verbringen pflegte; auch er lächelte, auch er war erleichtert und sang mit.

Was kein Test, kein tiefenpsychologisches Gutachten, kein fachmännisches Aufspüren verborgener Traumata vermocht hatte: das fühlende Herz meines Onkels hatte das Richtige getroffen. Die Tannenbaumtherapie dieses herzensguten Menschen hatte die Situation gerettet.

Meine Tante war beruhigt und fast – so hoffte man damals – geheilt, und nachdem man einige Lieder gesungen, einige Schüsseln Gebäck geleert hatte, war man müde und zog sich zurück, und siehe da: meine Tante schlief ohne jedes Beruhigungsmittel. Die beiden Krankenschwestern wurden entlassen, die Ärzte zuckten die Schultern, alles schien in Ordnung zu sein. Meine Tante aß wieder, trank wieder, war wieder liebenswürdig und milde. Aber am Abend darauf, als die Dämmerstunde nahte, saß mein Onkel zeitunglesend neben seiner Frau unter dem Baum, als diese plötzlich sanft seinen Arm berührte und zu ihm sagte: »So wollen wir denn die Kinder zur Feier rufen, ich glaube, es ist Zeit.« Mein Onkel gestand uns später, daß er erschrak, aber aufstand, um in aller Eile seine Kinder und Enkel zusammenzurufen und einen Boten zum Pfarrer zu schicken. Der Pfarrer erschien, etwas abgehetzt und erstaunt, aber man zündete die Kerzen an, ließ die Zwerge hämmern, den Engel flüstern, man sang, aß Gebäck – und alles schien in Ordnung zu sein.

IV

Nun ist die gesamte Vegetation gewissen biologischen Gesetzen unterworfen, und Tannenbäume, dem Mutterboden entrissen, haben bekanntlich die verheerende Neigung, Nadeln zu verlieren, besonders, wenn sie in warmen Räumen stehen, und bei meinem Onkel war es warm. Die Lebensdauer der Edeltanne ist etwas länger als die der gewöhnlichen, wie die bekannte Arbeit ›Abies vulgaris und abies nobilis‹

von Dr. Hergenring ja bewiesen hat. Doch auch die Lebensdauer der Edeltanne ist nicht unbeschränkt. Schon als Karneval nahte, zeigte es sich, daß man versuchen mußte, meiner Tante neuen Schmerz zu bereiten: der Baum verlor rapide an Nadeln, und beim abendlichen Singen der Lieder wurde ein leichtes Stirnrunzeln bei meiner Tante bemerkt. Auf Anraten eines wirklich hervorragenden Psychologen wurde nun der Versuch unternommen, in leichtem Plauderton von einem möglichen Ende der Weihnachtszeit zu sprechen, zumal die Bäume schon angefangen hatten, auszuschlagen, was ja allgemein als ein Zeichen des herannahenden Frühlings gilt, während man in unseren Breiten mit dem Wort Weihnachten unbedingt winterliche Vorstellungen verbindet. Mein sehr geschickter Onkel schlug eines Abends vor, die Lieder ›Alle Vögel sind schon da‹ und ›Komm, lieber Mai, und mache‹ anzustimmen, doch schon beim ersten Vers des erstgenannten Liedes machte meine Tante ein derart finsteres Gesicht, daß man sofort abbrach und ›O Tannenbaum‹ intonierte. Drei Tage später wurde mein Vetter Johannes beauftragt, einen milden Plünderungszug zu unternehmen, aber schon, als er seine Hände ausstreckte und einem der Zwerge den Korkhammer nahm, brach meine Tante in so heftiges Geschrei aus, daß man den Zwerg sofort wieder komplettierte, die Kerzen anzündete und etwas hastig, aber sehr laut in das Lied ›Stille Nacht‹ ausbrach.

Aber die Nächte waren nicht mehr still; singende Gruppen jugendlicher Trunkenbolde durchzogen die Stadt mit Trompeten und Trommeln, alles war mit Luftschlangen und Konfetti bedeckt, maskierte Kinder bevölkerten tagsüber die Straßen, schossen, schrien, manche sangen auch, und einer privaten Statistik zufolge gab es mindestens sechzigtausend Cowboys und vierzigtausend Czardasfürstinnen in unserer Stadt: kurzum, es war Karneval, ein Fest, das man bei uns mit ebensolcher, fast mit mehr Heftigkeit zu feiern gewohnt ist als Weihnachten. Aber meine Tante schien blind und taub zu sein: sie bemängelte karnevalistische Kleidungsstücke, wie sie um diese Zeit in den Garderoben unserer Häuser unvermeidlich sind; mit trauriger Stimme beklagte sie das Sinken der Moral, da man nicht einmal an den Weihnachtstagen in der Lage sei, von diesem unsittlichen Treiben zu lassen, und als sie im Schlafzimmer meiner Kusine einen Luftballon entdeckte, der zwar eingefallen war, aber noch deutlich einen mit weißer Farbe aufgemalten Narrenhut zeigte, brach sie in Tränen aus und bat meinen Onkel, diesem unheiligen Treiben Einhalt zu gebieten.

Mit Schrecken mußte man feststellen, daß meine Tante sich wirklich in dem Wahn befand, es sei »Heiliger Abend«. Mein Onkel berief jedenfalls eine Familienversammlung ein, bat um Schonung für seine Frau, Rücksichtnahme auf ihren merkwürdigen Geisteszustand, und rüstete zunächst wieder eine Expedition aus, um wenigstens den Frieden des abendlichen Festes garantiert zu wissen.

Während meine Tante schlief, wurde der Schmuck vom alten Baum ab- und auf den neuen montiert, und ihr Zustand blieb erfreulich.

V

Aber auch der Karneval ging vorüber, der Frühling kam wirklich, statt des Liedes ›Komm, lieber Mai‹ hätte man schon singen können »Lieber Mai, du bist gekommen«. Es wurde Juni. Vier Tannenbäume waren schon verschlissen, und keiner der neuerlich zugezogenen Ärzte konnte Hoffnung auf Besserung geben. Meine Tante blieb fest. Sogar der als internationale Kapazität bekannte Dr. Bless hatte sich achselzuckend wieder in sein Studierzimmer zurückgezogen, nachdem er als Honorar die Summe von 1365 Mark kassiert hatte, womit er zum wiederholten Male seine Weltfremdheit bewies. Einige weitere sehr vage Versuche, die Feier abzubrechen oder ausfallen zu lassen, wurden mit solchem Geschrei von seiten meiner Tante quittiert, daß man von derlei Sakrilegien endgültig Abstand nehmen mußte.

Das Schreckliche war, daß meine Tante darauf bestand, alle ihr nahestehenden Personen müßten anwesend sein. Zu diesen gehörten auch der Pfarrer und die Enkelkinder. Selbst die Familienmitglieder waren nur mit äußerster Strenge zu veranlassen, pünktlich zu erscheinen, aber mit dem Pfarrer wurde es schwierig. Einige Wochen hielt er zwar ohne Murren mit Rücksicht auf seine alte Pönitentin durch, aber dann versuchte er unter verlegenem Räuspern, meinem Onkel klarzumachen, daß es so nicht weiterging. Die eigentliche Feier war zwar kurz – sie dauerte etwa achtunddreißig Minuten –, aber selbst diese kurze Zeremonie sei auf die Dauer nicht durchzuhalten, behauptete der Pfarrer. Er habe andere Verpflichtungen, abendliche Zusammenkünfte mit seinen Konfratres, seelsorgerische Aufgaben, ganz zu schweigen vom samstäglichen Beichthören. Immerhin hatte er einige Wochen Terminverschiebungen in Kauf genommen, aber gegen Ende Juni fing er an, energisch Befreiung zu erheischen. Franz wütete in der Familie herum, suchte Komplizen für seinen Plan, die Mutter in eine Anstalt zu bringen, stieß aber überall auf Ablehnung.

Jedenfalls: es machten sich Schwierigkeiten bemerkbar. Eines Abends fehlte der Pfarrer, war weder telefonisch noch durch einen Boten aufzutreiben, und es wurde klar, daß er sich einfach gedrückt hatte. Mein Onkel fluchte fürchterlich, er nahm dieses Ereignis zum Anlaß, die Diener der Kirche mit Worten zu bezeichnen, die zu wiederholen ich mich weigern muß. In alleräußerster Not wurde einer der Kapläne, ein Mensch einfacher Herkunft, gebeten, auszuhelfen. Er tat es, benahm sich aber so fürchterlich, daß es fast zur Katastrophe gekommen wäre. Immerhin, man muß bedenken, es war Juni, also heiß, trotzdem waren die Vorhänge zugezogen, um winterliche Dunkelheit wenigstens vorzutäuschen, außerdem brannten Kerzen. Dann ging die Feier los; der Kaplan hatte zwar von diesem merkwürdigen Ereignis schon gehört, aber keine rechte Vorstellung davon. Zitternd stellte man meiner Tante den Kaplan vor, er vertrete den Pfarrer. Unerwarteterweise nahm sie die Veränderung des Programms hin. Also: die Zwerge hämmerten, der Engel flüsterte, es wurde ›O Tannenbaum‹ gesungen, dann aß man Gebäck, sang noch einmal das Lied, und plötzlich bekam der Kaplan einen Lachkrampf. Später hat er gestanden, die Stelle » . . . nein, auch im Winter, wenn es schneit« habe er einfach nicht ohne zu lachen ertragen können. Er plusterte mit klerikaler Albernheit los, verließ das Zimmer und ward nicht mehr gesehen. Alles blickte gespannt auf meine Tante, doch die sagte nur resigniert etwas vom »Proleten im Priestergewande« und schob sich ein Stück Marzipan in den Mund. Auch wir erfuhren damals von diesem Vorfall mit Bedauern – doch bin ich heute geneigt, ihn als einen Ausbruch natürlicher Heiterkeit zu bezeichnen.

Ich muß hier – wenn ich der Wahrheit die Ehre lassen will – einflechten, daß mein Onkel seine Beziehungen zu den höchsten Verwaltungsstellen der Kirche ausgenutzt hat, um sich sowohl über den Pfarrer wie den Kaplan zu beschweren. Die Sache wurde mit äußerster Korrektheit angefaßt, ein Prozeß wegen Vernachlässigung seelsorgerischer Pflichten wurde angestrengt, der in erster Instanz von den beiden Geistlichen gewonnen wurde. Ein zweites Verfahren schwebt noch.

Zum Glück fand man einen pensionierten Prälaten, der in der Nachbarschaft wohnte. Dieser reizende alte Herr erklärte sich mit liebenswürdiger Selbstverständlichkeit bereit, sich zur Verfügung zu halten und täglich die abendliche Feier zu vervollständigen. Doch ich habe vorgegriffen. Mein Onkel Franz, der nüchtern genug war, zu erkennen, daß keinerlei ärztliche Hilfe zum Ziel gelangen würde, sich auch hartnäckig weigerte, einen Exorzismus zu versuchen, war Geschäftsmann genug, sich nun auf Dauer einzustellen und die wirtschaftlichste Art herauszukalkulieren. Zunächst wurden schon Mitte Juni die Enkelexpeditionen eingestellt, weil sich herausstellte, daß sie zu teuer wurden. Mein findiger Vetter Johannes, der zu allen Kreisen der Geschäftswelt die besten Beziehungen unterhält, spürte den Tannenbaum-Frischdienst der Firma Söderbaum auf, eines leistungsfähigen Unternehmens, das sich nun schon fast zwei Jahre um die Nerven meiner Verwandtschaft hohe Verdienste erworben hat. Nach einem halben Jahr schon wandelte die Firma Söderbaum die Lieferung des Baumes in ein wesentlich verbilligtes Abonnement um und erklärte sich bereit, die Lieferfrist von ihrem Nadelbaumspezialisten, Dr. Alfast, genauestens festlegen zu lassen, so daß schon drei Tage, bevor der alte Baum indiskutabel wird, der neue anlangt und mit Muße geschmückt werden kann. Außerdem werden vorsichtshalber zwei Dutzend Zwerge auf Lager gehalten, und drei Spitzenengel sind in Reserve gelegt.

Ein wunder Punkt sind bis heute die Süßigkeiten geblieben. Sie zeigen die verheerende Neigung, vom Baume schmelzend herunterzutropfen, schneller und endgültiger als schmelzendes Wachs. Jedenfalls in den Sommermonaten. Jeder Versuch, sie durch geschickt getarnte Kühlvorrichtungen in weihnachtlicher Starre zu erhalten, ist bisher gescheitert, ebenso eine Versuchsreihe, die begonnen wurde, um die Möglichkeiten der Präparierung eines Baumes zu prüfen. Doch ist die Familie für jeden fortschrittlichen Vorschlag, der geeignet ist, dieses stetige Fest zu verbilligen, dankbar und aufgeschlossen.

VI

Inzwischen haben die abendlichen Feiern im Hause meines Onkels eine fast professionelle Starre angenommen: man versammelt sich unter dem Baum oder um den Baum herum. Meine Tante kommt herein, man entzündet die Kerzen, die Zwerge beginnen zu hämmern und der Engel flüstert »Frieden, Frieden«, dann singt man einige Lieder, knabbert Gebäck, plaudert ein wenig und zieht sich gähnend mit dem Glückwunsch »Frohes Fest auch« zurück – und die Jugend gibt sich den jahreszeitlich bedingten Vergnügungen hin, während mein herzensguter Onkel Franz mit Tante Milla zu

Bett geht. Kerzenrauch bleibt im Raum, der sanfte Geruch erhitzter Tannenzweige und das Aroma von Spezereien. Die Zwerge, ein wenig phosphoreszierend, bleiben starr in der Dunkelheit stehen, die Arme bedrohlich erhoben, und der Engel läßt ein silbriges, offenbar ebenfalls phosphoreszierendes Gewand sehen.

Es erübrigt sich vielleicht, festzustellen, daß die Freude am wirklichen Weihnachtsfest in unserer gesamten Verwandtschaft erhebliche Einbuße erlitten hat: wir können, wenn wir wollen, bei unserem Onkel jederzeit einen klassischen Weihnachtsbaum bewundern – und es geschieht oft, wenn wir sommers auf der Veranda sitzen und uns nach des Tages Last und Müh Onkels milde Apfelsinenbowle in die Kehle gießen, daß von drinnen der sanfte Klang gläserner Glocken kommt, und man kann im Dämmer die Zwerge wie flinke kleine Teufelchen herumhämmern sehen, während der Engel »Frieden« flüstert, »Frieden«. Und immer noch kommt es uns befremdlich vor, wenn mein Onkel mitten im Sommer seinen Kindern plötzlich zuruft: »Macht bitte den Baum an, Mutter kommt gleich.« Dann tritt, meist pünktlich, der Prälat ein, ein milder alter Herr, den wir alle in unser Herz geschlossen haben, weil er seine Rolle vorzüglich spielt, wenn er überhaupt weiß, daß er eine und welche er spielt. Aber gleichgültig: er spielt sie, weißhaarig, lächelnd, und der violette Rand unterhalb seines Kragens gibt seiner Erscheinung den letzten Hauch von Vornehmheit. Und es ist ein ungewöhnliches Erlebnis, in lauen Sommernächten den erregten Ruf zu hören: »Das Löschhorn, schnell, wo ist das Löschhorn?« Es ist schon vorgekommen, daß während eines heftigen Gewitters die Zwerge sich plötzlich bewogen fühlten, ohne Hitzeeinwirkung die Arme zu erheben und sie wild zu schwingen, gleichsam ein Extrakonzert zu geben, eine Tatsache, die man ziemlich phantasielos mit dem trockenen Wort Elektrizität zu deuten versuchte.

Eine nicht ganz unwesentliche Seite dieses Arrangements ist die finanzielle. Wenn auch in unserer Familie im allgemeinen kein Mangel an Barmitteln herrscht, solch außergewöhnliche Ausgaben stürzen die Kalkulation um. Denn trotz aller Vorsicht ist natürlich der Verschleiß an Zwergen, Ambossen und Hämmern enorm, und der sensible Mechanismus, der den Engel zu einem sprechenden macht, bedarf der stetigen Sorgfalt und Pflege und muß hin und wieder erneuert werden. Ich habe das Geheimnis übrigens inzwischen entdeckt: der Engel ist durch ein Kabel mit einem Mikrophon im Nebenzimmer verbunden, vor dessen Metallschnauze sich eine ständig rotierende Schallplatte befindet, die, mit gewissen Pausen dazwischen, »Frieden« flüstert, »Frieden«. Alle diese Dinge sind um so kostspieliger, als sie für den Gebrauch an nur wenigen Tagen des Jahres erdacht sind, nun aber das ganze Jahr strapaziert werden. Ich war erstaunt, als mein Onkel mir eines Tages erklärte, daß die Zwerge tatsächlich alle drei Monate erneuert werden müssen und daß ein kompletter Satz nicht weniger als 128 Mark kostet. Er habe einen befreundeten Ingenieur gebeten, sie durch einen Kautschuküberzug zu verstärken, ohne jedoch ihre Klangschönheit zu beeinträchtigen. Dieser Versuch ist gescheitert. Der Verbrauch an Kerzen, Spekulatius, Marzipan, das Baumabonnement, Arztrechnungen und die vierteljährliche Aufmerksamkeit, die man dem Prälaten zukommen lassen muß, alles zusammen, sagte mein Onkel, komme ihm täglich im Durchschnitt auf elf Mark, ganz zu schweigen von dem Verschleiß an Nerven und von sonstigen gesundheitlichen Störungen, die damals anfingen sich bemerkbar zu machen. Doch war das im Herbst, und man schrieb die Störungen einer gewissen herbstlichen Sensibilität zu, wie sie ja allgemein beobachtet wird.

VII

Das wirkliche Weihnachtsfest verlief ganz normal. Es ging etwas wie ein Aufatmen durch die Familie meines Onkels, da man auch andere Familien nun unter Weihnachtsbäumen ver-

sammelt sah, andere auch singen und Spekulatius essen mußten. Aber die Erleichterung dauerte nur so lange an, wie die
weihnachtliche Zeit dauerte. Schon Mitte Januar brach bei
meiner Kusine Lucie ein merkwürdiges Leiden aus: beim
Anblick der Tannenbäume, die auf den Straßen und Trümmerhaufen herumlagen, brach sie in ein hysterisches Ge-
schluchze aus. Dann hatte sie einen regelrechten Anfall von
Wahnsinn, den man als Nervenzusammenbruch zu kaschie-
ren versuchte. Sie schlug einer Freundin, bei der sie zum
Kaffeeklatsch war, die Schüssel aus der Hand, als diese ihr
milde lächelnd Spekulatius anbot. Meine Kusine ist allerdings das, was man eine temperamentvolle Frau nennt; sie
schlug also ihrer Freundin die Schüssel aus der Hand, nahte
sich dann deren Weihnachtsbaum, riß ihn vom Ständer und
trampelte auf Glaskugeln, künstlichen Pilzen, Kerzen und
Sternen herum, während ein anhaltendes Gebrüll ihrem
Munde entströmte. Die versammelten Damen entflohen, einschließlich der Hausfrau, man ließ Lucie toben, wartete in
der Diele auf den Arzt, gezwungen, zuzuhören, wie drinnen
Porzellan zerschlagen wurde. Es fällt mir schwer, aber ich
muß hier berichten, daß Lucie in einer Zwangsjacke abtrans-
portiert wurde.

Anhaltende hypnotische Behandlung brachte das Leiden
zwar zum Stillstand, aber die eigentliche Heilung ging nur
sehr langsam vor sich. Vor allem schien ihr die Befreiung von
der abendlichen Feier, die der Arzt erzwang, zusehends wohl
zu tun; nach einigen Tagen schon begann sie aufzublühen.
Schon nach zehn Tagen konnte der Arzt riskieren, mit ihr
über Spekulatius wenigstens zu reden, ihn zu essen, weigerte
sie sich jedoch hartnäckig. Dem Arzt kam dann die geniale
Idee, sie mit sauren Gurken zu füttern, ihr Salate und kräftige
Fleischspeisen anzubieten. Das war wirklich die Rettung für
die arme Lucie. Sie lachte wieder, und sie begann die endlosen therapeutischen Unterredungen, die ihr Arzt mit ihr
pflegte, mit ironischen Bemerkungen zu würzen.

Zwar war die Lücke, die durch ihr Fehlen bei der abendlichen Feier entstand, schmerzlich für meine Tante, wurde aber durch einen Umstand erklärt, der für alle Frauen als hinlängliche Entschuldigung gelten kann, durch Schwangerschaft.

Aber Lucie hatte das geschaffen, was man einen Präzedenzfall nennt: sie hatte bewiesen, daß die Tante zwar litt, wenn jemand fehlte, aber nicht sofort zu schreien begann, und mein Vetter Johannes und sein Schwager Karl versuchten nun, die strenge Disziplin zu durchbrechen, indem sie Krankheit vorschützten, geschäftliche Verhinderung oder andere, recht durchsichtige Gründe angaben. Doch blieb mein Onkel hier erstaunlich hart: mit eiserner Strenge setzte er durch, daß nur in Ausnahmefällen Atteste eingereicht, sehr kurze Beurlaubungen beantragt werden konnten. Denn meine Tante merkte jede weitere Lücke sofort und brach in stilles, aber anhaltendes Weinen aus, was zu den bittersten Bedenken Anlaß gab.

Nach vier Wochen kehrte auch Lucie zurück und erklärte sich bereit, an der täglichen Zeremonie wieder teilzunehmen, doch hat ihr Arzt durchgesetzt, daß für sie ein Glas Gurken und ein Teller mit kräftigen Butterbroten bereitgehalten wird, da sich ihr Spekulatiustrauma als unheilbar erwies. So waren eine Zeitlang durch meinen Onkel, der hier eine unerwartete Härte bewies, alle Disziplinschwierigkeiten aufgehoben.

VIII

Schon kurz nach dem ersten Jahrestag der ständigen Weihnachtsfeier gingen beunruhigende Gerüchte um: mein Vetter Johannes sollte sich von einem befreundeten Arzt ein Gutachten haben ausstellen lassen, auf wie lange wohl die Lebenszeit meiner Tante noch zu bemessen wäre, ein wahrhaft finsteres Gerücht, das ein bedenkliches Licht auf eine allabendlich friedlich versammelte Familie wirft. Das Gutachten soll vernichtend für Johannes gewesen sein. Sämtliche Organe meiner Tante, die zeitlebens sehr solide war, sind völlig intakt, die Lebensdauer ihres Vaters hat achtundsiebzig, die ihrer Mutter sechsundachtzig Jahre betragen. Meine Tante selbst ist zweiundsechzig, und so besteht kein Grund, ihr ein baldiges seliges Ende zu prophezeien. Noch weniger, so finde ich, es ihr zu wünschen. Als meine Tante dann mitten im Sommer einmal erkrankte – Erbrechen und Durchfall suchten diese arme Frau heim –, wurde gemunkelt, sie sei vergiftet worden, aber ich erkläre hier ausdrücklich, daß dieses Gerücht einfach eine Erfindung übelmeinender Verwandter ist. Es ist eindeutig erwiesen, daß es sich um eine Infektion handelte, die von einem Enkel eingeschleppt wurde. Analysen, die mit den Exkrementen meiner Tante vorgenommen wurden, ergaben aber auch nicht die geringste Spur von Gift.

Im gleichen Sommer zeigten sich bei Johannes die ersten gesellschaftsfeindlichen Bestrebungen: er trat aus seinem Gesangverein aus, erklärte, auch schriftlich, daß er an der Pflege des deutschen Liedes nicht mehr teilzunehmen gedenke. Allerdings, ich darf hier einflechten, daß er immer, trotz des akademischen Grades, den er errang, ein ungebildeter Mensch war. Für die ›Virhymnia‹ war es ein großer Verlust, auf seinen Baß verzichten zu müssen.

Mein Schwager Karl fing an, sich heimlich mit Auswanderungsbüros in Verbindung zu setzen. Das Land seiner Träume mußte besondere Eigenschaften haben: es durften dort keine Tannenbäume gedeihen, deren Import mußte verboten oder durch hohe Zölle unmöglich gemacht sein; außerdem – das seiner Frau wegen – mußte dort das Geheimnis der Spekulatiusherstellung unbekannt und das Singen von Weihnachtsliedern verboten sein. Karl erklärte sich bereit, harte körperliche Arbeit auf sich zu nehmen.

Inzwischen sind seine Versuche vom Fluche der Heimlichkeit befreit, weil sich auch in meinem Onkel eine vollkommene und sehr plötzliche Wandlung vollzogen hat. Diese geschah auf so unerfreulicher Ebene, daß wir wirklich Grund hatten, zu erschrecken. Dieser biedere Mensch, von dem ich nur sagen kann, daß er ebenso hartnäckig wie herzensgut ist, wurde auf Wegen beobachtet, die einfach unsittlich sind, es auch bleiben werden, solange die Welt besteht. Es sind von ihm Dinge bekannt geworden, auch durch Zeugen belegt, auf die nur das Wort Ehebruch angewandt werden kann. Und das Schrecklichste ist, er leugnet es schon nicht mehr, sondern stellt für sich den Anspruch, in Verhältnissen und Bedingungen zu leben, die moralische Sondergesetze berechtigt erscheinen lassen müßten. Ungeschickterweise wurde diese plötzliche Wandlung gerade zu dem Zeitpunkt offenbar, wo der zweite Termin gegen die beiden Geistlichen seiner Pfarre fällig geworden war. Onkel Franz muß als Zeuge, als verkappter Kläger einen solch minderwertigen Eindruck gemacht haben, daß es ihm allein zuzuschreiben ist, wenn auch der zweite Termin günstig für die beiden Geistlichen auslief. Aber das alles ist Onkel Franz inzwischen gleichgültig geworden: bei ihm ist der Verfall komplett, schon vollzogen.

Er war auch der erste, der die Idee hatte, sich von einem Schauspieler bei der abendlichen Feier vertreten zu lassen. Er hatte einen arbeitslosen Bonvivant aufgetrieben, der ihn vierzehn Tage lang so vorzüglich nachahmte, daß nicht einmal seine Frau die ausgewechselte Identität bemerkte. Auch seine Kinder bemerkten es nicht. Es war einer der Enkel, der während einer kleinen Singpause plötzlich in den Ruf ausbrach: »Opa hat Ringelsocken an«, wobei er triumphierend das Hosenbein des Bonvivants hochhob. Für den armen Künstler muß diese Szene schrecklich gewesen sein, auch die Familie war bestürzt, und um Unheil zu vermeiden, stimmte man, wie so oft schon in peinlichen Situationen, schnell ein Lied an. Nachdem die Tante zu Bett gegangen, war die Identität des Künstlers schnell festgestellt. Es war das Signal zum fast völligen Zusammenbruch.

IX

Immerhin: man muß bedenken, eineinhalb Jahre, das ist eine lange Zeit, und der Hochsommer war wieder gekommen, eine Jahreszeit, in der meinen Verwandten die Teilnahme an diesem Spiel am schwersten fällt. Lustlos knabbern sie in dieser Hitze an Printen und Pfeffernüssen, lächeln starr vor sich hin, während sie ausgetrocknete Nüsse knacken, sie hören den unermüdlich hämmernden Zwergen zu und zukken zusammen, wenn der rotwangige Engel über ihre Köpfe hinweg »Frieden« flüstert, »Frieden«, aber sie harren aus, während ihnen trotz sommerlicher Kleidung der Schweiß über Hals und Wangen läuft und ihnen die Hemden festkleben. Vielmehr: sie haben ausgeharrt.

Geld spielt vorläufig noch keine Rolle – fast im Gegenteil. Man beginnt sich zuzuflüstern, daß Onkel Franz nun auch geschäftlich zu Methoden gegriffen hat, die die Bezeichnung »christlicher Kaufmann« kaum noch zulassen. Er ist entschlossen, keine wesentliche Schwächung des Vermögens zuzulassen, eine Versicherung, die uns zugleich beruhigt und erschreckt.

Nach der Entlarvung des Bonvivants kam es zu einer regelrechten Meuterei, deren Folge ein Kompromiß war: Onkel Franz hat sich bereit erklärt, die Kosten für ein kleines Ensemble zu übernehmen, das ihn, Johannes, meinen Schwager Karl und Lucie ersetzt, und es ist ein Abkommen getroffen worden, daß immer einer von den vieren im Original an der abendlichen Feier teilzunehmen hat, damit die Kinder in Schach gehalten werden. Der Prälat hat bisher nichts von diesem Betrug gemerkt, den man keineswegs mit dem Adjektiv fromm wird belegen können. Abgesehen von meiner Tante und den Kindern ist er die einzige originale Figur bei diesem Spiel.

Es ist ein genauer Plan aufgestellt worden, der in unserer Verwandtschaft Spielplan genannt wird, und durch die Tatsache, daß einer immer wirklich teilnimmt, ist auch für die Schauspieler eine gewisse Vakanz gewährleistet. Inzwischen hat man auch gemerkt, daß diese sich nicht ungern zu der Feier hergeben, sich gerne zusätzlich etwas Geld verdienen, und man hat mit Erfolg die Gage gedrückt, da ja glücklicherweise an arbeitslosen Schauspielern kein Mangel herrscht. Karl hat mir erzählt, daß man hoffen könne, diesen »Posten« noch ganz erheblich herunterzusetzen, zumal ja den Schauspielern eine Mahlzeit geboten wird und die Kunst bekanntlich, wenn sie nach Brot geht, billiger wird.

X

Lucies verhängnisvolle Entwicklung habe ich schon angedeutet: sie treibt sich fast nur noch in Nachtlokalen herum, und besonders an den Tagen, wo sie gezwungenermaßen an der häuslichen Feier hat teilnehmen müssen, ist sie wie toll. Sie trägt Kordhosen, bunte Pullover, läuft in Sandalen herum und hat sich ihr prachtvolles Haar abgeschnitten, um eine schmucklose Fransenfrisur zu tragen, von der ich jetzt erfahre, daß sie unter dem Namen Pony schon einige Male modern war. Obwohl ich offenkundige Unsittlichkeit bei ihr bisher nicht beobachten konnte, nur eine gewisse Exaltation, die sie selbst als Existentialismus bezeichnet, trotzdem kann ich mich nicht entschließen, diese Entwicklung erfreulich zu finden; ich liebe die milden Frauen mehr, die sich sittsam im Takte des Walzers bewegen, die angenehme Verse zitieren und deren Nahrung nicht ausschließlich aus sauren Gurken und mit Paprika überwürztem Gulasch besteht. Die Auswanderungspläne meines Schwagers Karl scheinen sich zu realisieren: er hat ein Land entdeckt, nicht weit vom Äquator, das seinen Bedingungen gerecht zu werden verspricht, und Lucie ist begeistert: man trägt in diesem Lande Kleider, die den ihren nicht unähnlich sind, man liebt dort die scharfen Gewürze und tanzt nach Rhythmen, ohne die nicht mehr leben zu können sie vorgibt. Es ist zwar ein wenig schockierend, daß diese beiden dem Sprichwort »Bleibe im Lande und nähre dich redlich« nicht zu folgen gedenken, aber andererseits verstehe ich, daß sie die Flucht ergreifen.

Schlimmer ist es mit Johannes. Leider hat sich das böse Gerücht bewahrheitet: er ist Kommunist geworden. Er hat alle Beziehungen zur Familie abgebrochen, kümmert sich um nichts mehr und existiert bei den abendlichen Feiern nur noch in seinem Double. Seine Augen haben einen fanatischen Ausdruck angenommen, der wischähnlich produziert er sich in öffentlichen Veranstaltungen seiner Partei, vernachlässigt seine Praxis und schreibt wütende Artikel in den entsprechenden Organen. Merkwürdigerweise trifft er sich jetzt häufiger mit Franz, der ihn und den er vergeblich zu bekehren versucht. Bei aller geistigen Entfremdung sind sie sich persönlich etwas näher gekommen.

Franz selbst habe ich lange nicht gesehen, nur von ihm gehört. Er soll von tiefer Schwermut befallen sein, hält sich in dämmrigen Kirchen auf, ich glaube, man kann seine Frömmigkeit getrost als übertrieben bezeichnen. Er fing an, seinen Beruf zu vernachlässigen, nachdem das Unheil über seine Familie gekommen war, und neulich sah ich an der Mauer eines zertrümmerten Hauses ein verblichenes Plakat mit der Aufschrift »Letzter Kampf unseres Altmeisters Lenz gegen Lecoq. Lenz hängt die Boxhandschuhe an den Nagel.« Das Plakat war vom März, und jetzt haben wir längst August. Franz soll sehr heruntergekommen sein. Ich glaube, er befindet sich in einem Zustand, der in unserer Familie bisher noch nicht vorgekommen ist: er ist arm. Zum Glück ist er ledig geblieben, die sozialen Folgen seiner unverantwortlichen Frömmigkeit treffen also nur ihn selbst. Mit erstaunlicher Hartnäckigkeit hat er versucht, einen Jugendschutz für die Kinder von Lucie zu erwirken, die er durch die abendlichen Feiern gefährdet glaubte. Aber seine Bemühungen sind ohne Erfolg geblieben; Gott sei Dank sind ja die Kinder begüterter Menschen nicht dem Zugriff sozialer Institutionen ausgesetzt.

Am wenigsten von der übrigen Verwandtschaft entfernt hat sich trotz mancher widerwärtiger Züge – Onkel Franz. Zwar hat er tatsächlich trotz seines hohen Alters eine Geliebte, auch sind seine geschäftlichen Praktiken von einer Art, die wir zwar bewundern, keinesfalls aber billigen können. Neuerdings hat er einen arbeitslosen Inspizienten aufgetan, der die abendliche Feier überwacht und sorgt, daß alles wie am Schnürchen läuft. Es läuft wirklich alles wie am Schnürchen.

XI

Fast zwei Jahre sind inzwischen verstrichen: eine lange Zeit. Und ich konnte es mir nicht versagen, auf einem meiner abendlichen Spaziergänge einmal am Hause meines Onkels vorbeizugehen, in dem nun keine natürliche Gastlichkeit mehr möglich ist, seitdem fremdes Künstlervolk dort allabendlich herumläuft und die Familienmitglieder sich befremdenden Vergnügungen hingeben. Es war ein lauer Sommerabend, als ich dort vorbeikam, und schon als ich um die Ecke in die Kastanienallee einbog, hörte ich den Vers:

weihnachtlich glänzet der Wald . . .

Ein vorüberfahrender Lastwagen machte den Rest unhörbar, ich schlich mich langsam ans Haus und sah durch einen Spalt zwischen den Vorhängen ins Zimmer: Die Ähnlichkeit der anwesenden Mimen mit den Verwandten, die sie darstellten, war so erschreckend, daß ich im Augenblick nicht erkennen konnte, wer nun wirklich an diesem Abend die Aufsicht führte – so nennen sie es. Die Zwerge konnte ich nicht sehen, aber hören. Ihr zirpendes Gebimmel bewegt sich auf Wellenlängen, die durch alle Wände dringen. Das Flüstern des Engels war unhörbar. Meine Tante schien wirklich glücklich zu sein: sie plauderte mit dem Prälaten, und erst spät erkannte ich meinen Schwager als einzige, wenn man so sagen darf, reale Person. Ich erkannte ihn daran, wie er beim Auspusten des Streichholzes die Lippen spitzte. Es scheint doch unverwechselbare Züge der Individualität zu geben. Dabei kam mir der Gedanke, daß die Schauspieler offenbar auch mit Zigarren, Zigaretten und Wein traktiert werden – zudem gibt es ja jeden Abend Spargel. Wenn sie unverschämt sind – und welcher Künstler wäre das nicht? –, bedeutet dies eine erhebliche zusätzliche Verteuerung für meinen Onkel. Die

Kinder spielten mit Puppen und hölzernen Wagen in einer Zimmerecke: sie sahen blaß und müde aus. Tatsächlich, vielleicht müßte man auch an sie denken. Mir kam der Gedanke, daß man sie vielleicht durch Wachspuppen ersetzen könne, solcherart, wie sie in den Schaufenstern der Drogerien als Reklame für Milchpulver und Hautcreme Verwendung finden. Ich finde, die sehen doch recht natürlich aus.

Tatsächlich will ich die Verwandtschaft einmal auf die möglichen Auswirkungen dieser ungewöhnlichen täglichen Erregung auf die kindlichen Gemüter aufmerksam machen. Obwohl eine gewisse Disziplin ihnen ja nichts schadet, scheint man sie hier doch über Gebühr zu beanspruchen.

Ich verließ meinen Beobachtungsposten, als man drinnen anfing, ›Stille Nacht‹ zu singen. Ich konnte das Lied wirklich nicht ertragen. Die Luft ist so lau – und ich hatte einen Augenblick lang den Eindruck, einer Versammlung von Gespenstern beizuwohnen. Ein scharfer Appetit auf saure Gurken befiel mich ganz plötzlich und ließ mich leise ahnen, wie sehr Lucie gelitten haben muß.

XII

Inzwischen ist es mir gelungen, durchzusetzen, daß die Kinder durch Wachspuppen ersetzt werden. Die Anschaffung war kostspielig – Onkel Franz scheute lange davor zurück –, aber es war nicht länger zu verantworten, die Kinder täglich mit Marzipan zu füttern und sie Lieder singen zu lassen, die ihnen auf die Dauer psychisch schaden können. Die Anschaffung der Puppen erwies sich als nützlich, weil Karl und Lucie wirklich auswanderten und auch Johannes seine Kinder aus dem Haushalt des Vaters zog. Zwischen großen Überseekisten stehend, habe ich mich von Karl, Lucie und den Kindern verabschiedet, sie erschienen mir glücklich, wenn auch etwas beunruhigt. Auch Johannes ist aus unserer Stadt weggezogen. Irgendwo ist er damit beschäftigt, einen Bezirk seiner Partei umzuorganisieren.

Onkel Franz ist lebensmüde. Mit klagender Stimme erzählte er mir neulich, daß man immer wieder vergißt, die Puppen abzustauben. Überhaupt machen ihm die Dienstboten Schwierigkeiten, und die Schauspieler scheinen zur Disziplinlosigkeit zu neigen. Sie trinken mehr, als ihnen zusteht, und einige sind dabei ertappt worden, daß sie sich Zigarren und Zigaretten einsteckten. Ich riet meinem Onkel, ihnen gefärbtes Wasser vorzusetzen und Pappzigarren anzuschaffen.

Die einzig Zuverlässigen sind meine Tante und der Prälat. Sie plaudern miteinander über die gute alte Zeit, kichern und scheinen recht vergnügt und unterbrechen ihr Gespräch nur, wenn ein Lied angestimmt wird.

Jedenfalls: die Feier wird fortgesetzt.

Mein Vetter Franz hat eine merkwürdige Entwicklung genommen. Er ist als Laienbruder in ein Kloster der Umgebung aufgenommen worden. Als ich ihn zum erstenmal in der Kutte sah, war ich erschreckt: diese große Gestalt mit der zerschlagenen Nase und den dicken Lippen, sein schwermütiger Blick – er erinnerte mich mehr an einen Sträfling als an einen Mönch. Es schien fast, als habe er meine Gedanken erraten. »Wir sind mit dem Leben bestraft«, sagte er leise. Ich folgte ihm ins Sprechzimmer. Wir unterhielten uns stockend, und er war offenbar erleichtert, als die Glocke ihn zum Gebet in die Kirche rief. Ich blieb nachdenklich stehen, als er ging: er eilte sehr, und seine Eile schien aufrichtig zu sein.

Mein Onkel Fred ist der einzige Mensch, der mir die Erinnerung an die Jahre nach 1945 erträglich macht. Er kam an einem Sommernachmittag aus dem Kriege heim, schmucklos gekleidet, als einzigen Besitz eine Blechbüchse an einer Schnur um den Hals tragend sowie beschwert durch das unerhebliche Gewicht einiger Kippen, die er sorgfältig in einer kleinen Dose aufbewahrte. Er umarmte meine Mutter, küßte meine Schwester und mich, murmelte die Worte »Brot, Schlaf, Tabak« und rollte sich auf unser Familiensofa, und so entsinne ich mich seiner als eines Menschen, der bedeutend länger war als unser Sofa, ein Umstand, der ihn zwang, seine Beine entweder anzuwinkeln oder sie einfach überhängen zu lassen. Beide Möglichkeiten veranlaßten ihn, sich wütend über das Geschlecht unserer Großeltern auszulassen, dem wir die Anschaffung dieses wertvollen Möbelstückes verdankten. Er nannte diese biedere Generation muffig und pyknisch, verachtete ihren Geschmack für jenes säuerliche Rosa des Stoffes, mit dem das Sofa überzogen war, fühlte sich aber keineswegs gehindert, einem sehr ausgiebigen Schlaf zu frönen.

Ich selbst übte damals eine undankbare Funktion in unserer unbescholtenen Familie aus: ich war vierzehn Jahre alt und das einzige Bindeglied zu jener denkwürdigen Institution, die wir Schwarzmarkt nannten. Mein Vater war gefallen, meine Mutter bezog eine winzige Pension, und so bestand meine Aufgabe darin, fast täglich kleinere Teile unseres geretteten Besitzes zu verscheuern oder sie gegen Brot, Kohle und Tabak zu tauschen. Die Kohle war damals Anlaß zu erheblichen Verletzungen des Eigentumsbegriffes, die man heute mit dem harten Wort Diebstahl bezeichnen muß. So ging ich fast täglich zum Diebstahl oder Verscheuern aus, und meine Mutter, obwohl ihr die Notwendigkeit solch anrüchigen Tuns einleuchtete, sah mich morgens nur mit Trä-

nen in den Augen meinen komplizierten Pflichten entgegen-
gehen. So hatte ich die Aufgabe, ein Kopfkissen zu Brot, eine
Sammeltasse zu Grieß oder drei Bände Gustav Freytag zu
fünfzig Gramm Kaffee zu machen, Aufgaben, denen ich zwar
mit sportlichem Eifer, aber nicht ganz ohne Erbitterung und
Angst oblag. Denn die Wertbegriffe – so nannten es die Erwachsenen damals – waren erheblich verschoben, und ich
kam hin und wieder unberechtigterweise in den Verdacht der
Unehrlichkeit, weil der Wert eines zu verscheuernden Ob-
jektes keineswegs dem entsprach, den meine Mutter für an-
gemessen hielt. Es war schon eine bittere Aufgabe, als Ver-
mittler zwischen zwei Wertwelten zu stehen, die sich inzwischen angeglichen zu haben scheinen.

Onkel Freds Ankunft weckte in uns allen die Erwartung
starker männlicher Hilfe. Aber zunächst enttäuschte er uns.
Schon vom ersten Tage an erfüllte mich sein Appetit mit
großer Sorge, und als ich diese meiner Mutter ohne Zögern
mitteilte, bat sie mich, ihn erst einmal »zu sich kommen zu
lassen«. Es dauerte fast acht Wochen, ehe er zu sich kam.
Trotz aller Flüche über das unzulängliche Sofa schlief er dort
recht gut, verbrachte den Tag dösend oder indem er uns mit
leidender Stimme erklärte, welche Stellung er im Schlaf be-
vorzuge.

Ich glaube, es war die Stellung eines Sprinters vor dem
Start, die er damals allen anderen vorzog. Er liebte es, nach
dem Essen auf dem Rücken liegend, mit angezogenen Beinen,
ein großes Stück Brot genußvoll in sich hineinzubröckeln,
dann eine Zigarette zu drehen und dem Abendessen ent-
gegenzuschlafen. Er war sehr groß und blaß und hatte am
Kinn eine kranzförmige Narbe, die seinem Gesicht etwas von
einem angeschlagenen Marmordenkmal gab. Obwohl mich
sein Appetit und sein Schlafbedürfnis weiterhin beunruhigten, mochte ich ihn sehr gern. Er war der einzige, mit dem
ich wenigstens über den Schwarzmarkt theoretisieren konnte,
ohne Streit zu bekommen. Offenbar war er über das Zer-
würfnis zwischen den beiden Wertwelten informiert.

Unserem Drängen, vom Kriege zu erzählen, gab er nie nach; er behauptete, es lohne sich nicht. Er beschränkte sich darauf, uns hin und wieder von seiner Musterung zu berichten, die offenbar überwiegend darin bestanden hatte, daß ein uniformierter Mensch Onkel Fred mit heftiger Stimme aufgefordert hatte, in ein Reagenzglas zu urinieren, eine Aufforderung, der Onkel Fred nicht gleich hatte nachkommen können, womit seine militärische Laufbahn von vornherein unter einem ungünstigen Zeichen stand.

Er behauptete, daß das lebhafte Interesse des Deutschen Reiches für seinen Urin ihn mit erheblichem Mißtrauen erfüllt habe, mit einem Mißtrauen, das er in sechs Jahren Krieg bedenklich bestätigt fand.

Er war früher Buchhalter gewesen, und als die ersten vier Wochen auf unserem Sofa vorüber waren, forderte meine Mutter ihn mit schwesterlicher Sanftmut auf, sich nach seiner alten Firma zu erkundigen – er gab diese Aufforderung behutsam an mich weiter, aber alles, was ich ermitteln konnte, war ein absoluter Trümmerhaufen von zirka acht Meter Höhe, den ich nach einstündiger mühsamer Pilgerschaft in einem zerstörten Stadtteil auffand. Onkel Fred war über das Ergebnis meiner Ermittlung sehr beruhigt.

Er lehnte sich zurück, drehte sich eine Zigarette, nickte meiner Mutter triumphierend zu und bat sie, seine Habseligkeiten herauszusuchen. In einer Ecke unseres Schlafraumes fand sich eine sorgfältig vernagelte Kiste, die wir unter großer Spannung mit Hammer und Zange öffneten; es kamen heraus: zwanzig Romane mittleren Umfangs und mittlerer Qualität, eine goldene Taschenuhr, verstaubt aber unbeschädigt, zwei Paar Hosenträger, einige Notizbücher, das Diplom der Handelskammer und ein Sparkassenbuch über zwölfhundert Mark. Das Sparkassenbuch wurde mir zum Abholen des Geldes, alles andere zum Verscheuern übergeben, einschließlich des Diploms von der Handelskammer, das aber keinen Abnehmer fand, weil Onkel Freds Name mit schwarzer Tusche geschrieben war.

So waren wir vier Wochen jegliche Sorge um Brot, Tabak und Kohlen los, ein Umstand, den ich sehr erleichternd fand, zumal alle Schulen wieder einladend ihre Tore öffneten und ich aufgefordert wurde, meine Bildung zu vervollständigen.

Noch heute, wo meine Bildung längst komplett ist, bewahre ich den Suppen, die es damals gab, eine zärtliche Erinnerung, vor allem, weil man fast kampflos zu dieser zusätzlichen Mahlzeit kam, die dem gesamten Bildungswesen eine erfreuliche zeitgemäße Note gab.

Aber das Ereignis in dieser Zeit war die Tatsache, daß Onkel Fred gut acht Wochen nach seiner erfreulichen Heimkehr die Initiative ergriff.

Er erhob sich an einem Spätsommertag morgens von seinem Sofa, rasierte sich so umständlich, daß wir erschraken, verlangte saubere Wäsche, lieh sich mein Fahrrad und verschwand.

Seine späte Heimkehr stand unter dem Zeichen großen Lärms und eines heftigen Weingeruchs; der Weingeruch entströmte dem Munde meines Onkels, der Lärm rührte von einem halben Dutzend Zinkeimern, die er mit einem großen Seil zusammengebunden hatte. Unsere Verwirrung legte sich erst, als wir erfuhren, daß er entschlossen sei, den Blumenhandel in unserer arg zerstörten Stadt zum Leben zu erwekken. Meine Mutter, voller Mißtrauen gegen die neue Wertwelt, verwarf den Plan und behauptete, für Blumen bestehe kein Bedürfnis. Aber sie täuschte sich.

Es war ein denkwürdiger Morgen, als wir Onkel Fred halfen, die frischgefüllten Eimer an die Straßenbahnhaltestelle zu bringen, wo er sein Geschäft startete. Und ich habe den Anblick der gelben und roten Tulpen, der feuchten Nelken noch heute im Gedächtnis und werde nie vergessen, wie schön er aussah, als er inmitten der grauen Gestalten und der Trümmerhaufen stand und mit schallender Stimme anfing zu rufen: »Blumen ohne!« Über die Entwicklung seines Geschäftes brauche ich nichts zu sagen: sie war kometenhaft. Schon nach vier Wochen war er Besitzer von drei Dutzend

Zinkeimern, Inhaber zweier Filialen, und einen Monat später war er Steuerzahler. Die ganze Stadt schien mir verändert: an vielen Ecken tauchten nun Blumenstände auf, der Bedarf war nicht zu decken; immer mehr Zinkeimer wurden angeschafft, Bretterbuden errichtet und Karren zusammengezimmert.

Jedenfalls waren wir nicht nur dauernd mit frischen Blumen, sondern auch mit Brot und Kohlen versehen, und ich konnte meine Vermittlertätigkeit niederlegen, eine Tatsache, die viel zu meiner moralischen Festigung beigetragen hat. Onkel Fred ist längst ein gemachter Mann: seine Filialen blühen immer noch, er hat ein Auto, und ich bin als sein Erbe vorgesehen und habe den Auftrag, Volkswirtschaft zu studieren, um die steuerliche Betreuung des Unternehmens schon vor Antritt der Erbschaft übernehmen zu können.

Wenn ich ihn heute sehe, einen massigen Menschen am Steuer seines rotlackierten Wagens, kommt es mir merkwürdig vor, daß es wirklich eine Zeit in meinem Leben gab, in der mir sein Appetit schlaflose Nächte bereitete.

Der Lacher

Wenn ich nach meinem Beruf gefragt werde, befällt mich Verlegenheit: ich werde rot, stammele, ich, der ich sonst als ein sicherer Mensch bekannt bin. Ich beneide die Leute, die sagen können: ich bin Maurer. Friseuren, Buchhaltern und Schriftstellern neide ich die Einfachheit ihrer Bekenntnisse, denn alle diese Berufe erklären sich aus sich selbst und erfordern keine längeren Erklärungen. Ich aber bin gezwungen, auf solche Fragen zu antworten: Ich bin Lacher. Ein solches Bekenntnis erfordert weitere, da ich auch die zweite Frage »Leben Sie davon?« wahrheitsgemäß mit »Ja« beantworten muß. Ich lebe tatsächlich von meinem Lachen, und ich lebe gut, denn mein Lachen ist – kommerziell ausgedrückt – gefragt. Ich bin ein guter, bin ein gelernter Lacher, kein anderer lacht so wie ich, keiner beherrscht so die Nuancen meiner Kunst. Lange Zeit habe ich mich – um lästigen Erklärungen zu entgehen – als Schauspieler bezeichnet, doch sind meine mimischen und sprecherischen Fähigkeiten so gering, daß mir diese Bezeichnung als nicht der Wahrheit gemäß erschien: ich liebe die Wahrheit, und die Wahrheit ist: ich bin Lacher. Ich bin weder Clown noch Komiker, ich erheitere die Menschen nicht, sondern stelle Heiterkeit dar: ich lache wie ein römischer Imperator oder wie ein sensibler Abiturient, das Lachen des 17. Jahrhunderts ist mir so geläufig wie das des 19., und wenn es sein muß, lache ich alle Jahrhunderte, alle Gesellschaftsklassen, alle Altersklassen durch: ich hab's einfach gelernt, so wie man lernt, Schuhe zu besohlen. Das Lachen Amerikas ruht in meiner Brust, das Lachen Afrikas, weißes, rotes, gelbes Lachen – und gegen ein entsprechendes Honorar lasse ich es erklingen, so wie die Regie es vorschreibt.

Ich bin unentbehrlich geworden, ich lache auf Schallplatten, lache auf Band, und die Hörspielregisseure behandeln mich rücksichtsvoll. Ich lache schwermütig, gemäßigt, hysterisch – lache wie ein Straßenbahnschaffner oder wie ein Lehrling der Lebensmittelbranche; das Lachen am Morgen, das Lachen am Abend, nächtliches Lachen und das Lachen der Dämmerstunde, kurzum: wo immer und wie immer gelacht werden muß: ich mache es schon.

Man wird mir glauben, daß ein solcher Beruf anstrengend ist, zumal ich – das ist meine Spezialität – auch das ansteckende Lachen beherrsche; so bin ich unentbehrlich geworden auch für Komiker dritten und vierten Ranges, die mit Recht um ihre Pointen zittern, und ich sitze fast jeden Abend in den Varietés herum als eine subtilere Art Claqueur, um an schwachen Stellen des Programms ansteckend zu lachen. Es muß Maßarbeit sein: mein herzhaftes, wildes Lachen darf nicht zu früh, darf auch nicht zu spät, es muß im richtigen Augenblick kommen – dann platze ich programmgemäß aus, die ganze Zuhörerschaft brüllt mit, und die Pointe ist gerettet.

Ich aber schleiche dann erschöpft zur Garderobe, ziehe meinen Mantel über, glücklich darüber, daß ich endlich Feierabend habe. Zu Hause liegen meist Telegramme für mich »Brauchen dringend Ihr Lachen. Aufnahme Dienstag«, und ich hocke wenige Stunden später in einem überheizten D-Zug und beklage mein Geschick.

Jeder wird begreifen, daß ich nach Feierabend oder im Urlaub wenig Neigung zum Lachen verspüre: der Melker ist froh, wenn er die Kuh, der Maurer glücklich, wenn er den Mörtel vergessen darf, und die Tischler haben zu Hause meistens Türen, die nicht funktionieren, oder Schubkästen, die sich nur mit Mühe öffnen lassen. Zuckerbäcker lieben saure Gurken, Metzger Marzipan, und der Bäcker zieht die Wurst dem Brot vor; Stierkämpfer lieben den Umgang mit Tauben, Boxer werden blaß, wenn ihre Kinder Nasenbluten haben: ich verstehe das alles, denn ich lache nach Feierabend nie. Ich bin ein todernster Mensch, und die Leute halten mich – vielleicht mit Recht – für einen Pessimisten.

In den ersten Jahren unserer Ehe sagte meine Frau oft zu

mir: »Lach doch mal!«, aber inzwischen ist ihr klargeworden, daß ich diesen Wunsch nicht erfüllen kann. Ich bin glücklich, wenn ich meine angestrengten Gesichtsmuskeln, wenn ich mein strapaziertes Gemüt durch tiefen Ernst entspannen darf. Ja, auch das Lachen anderer macht mich nervös, weil es mich zu sehr an meinen Beruf erinnert. So führen wir eine stille, eine friedliche Ehe, weil auch meine Frau das Lachen verlernt hat: hin und wieder ertappe ich sie bei einem Lächeln, und dann lächele auch ich. Wir sprechen leise miteinander, denn ich hasse den Lärm der Varietés, hasse den Lärm, der in den Aufnahmeräumen herrschen kann. Menschen, die mich nicht kennen, halten mich für verschlossen. Vielleicht bin ich es, weil ich zu oft meinen Mund zum Lachen öffnen muß.

Mit unbewegter Miene gehe ich durch mein eigenes Leben, erlaube mir nur hin und wieder ein sanftes Lächeln, und ich denke oft darüber nach, ob ich wohl je gelacht habe. Ich glaube: nein. Meine Geschwister wissen zu berichten, daß ich immer ein ernster Junge gewesen sei.

So lache ich auf vielfältige Weise, aber mein eigenes Lachen kenne ich nicht.

In diesem Augenblick stehe ich draußen auf der Fensterbank und fülle mich langsam mit Schnee; der Strohhalm ist in der Seifenlauge festgefroren, Spatzen hüpfen um mich herum, rauhe Vögel, die sich um die Brösel balgen, die man ihnen hingestreut hat, und ich zittere um mein Leben, um das ich schon so oft zittern mußte; wenn einer von diesen fetten Spatzen mich umstößt, falle ich von der Fensterbank auf den Betonstreifen unten – die Seifenlauge wird als gefrorenes ovales Etwas liegenbleiben, der Strohhalm wird knicken – und meine Scherben wird man in den Müllkasten werfen.

Matt nur sehe ich die Lichter des Weihnachtsbaumes durch die beschlagenen Scheiben schimmern, leise nur höre ich das Lied, das drinnen gesungen wird: das Schimpfen der Spatzen übertönt alles.

Niemand von denen da drinnen weiß natürlich, daß ich vor genau fünfundzwanzig Jahren unter einem Weihnachtsbaum geboren wurde und daß fünfundzwanzig Lebensjahre ein erstaunlich hohes Alter für eine simple Kaffeetasse sind: die Geschöpfe unserer Rasse, die unbenutzt in Vitrinen dahindämmern, leben bedeutend länger als wir einfachen Tassen. Doch bin ich sicher, daß von meiner Familie keiner mehr lebt: Daß meine Eltern, meine Geschwister, sogar meine Kinder längst gestorben sind, während ich auf einem Fenstersims in Hamburg meinen fünfundzwanzigsten Geburtstag in der Gesellschaft schimpfender Spatzen verbringen muß.

Mein Vater war ein Kuchenteller und meine Mutter eine ehrbare Butterdose; ich hatte fünf Geschwister: zwei Tassen und drei Untertassen, doch blieb unsere Familie nur wenige Wochen vereint; die meisten Tassen sterben jung und plötzlich, und so wurden zwei meiner Brüder und eine meiner lieben Schwestern schon am zweiten Weihnachtstag vom Tisch gestoßen. Sehr bald auch mußten wir uns von unserem lieben Vater trennen: In Gesellschaft meiner Schwester Josephine, einer Untertasse, begleitet von meiner Mutter, reiste ich südwärts; in Zeitungspapier verpackt, zwischen einem Schlafanzug und einem Frottiertuch, fuhren wir nach Rom, um dort dem Sohn unseres Besitzers zu dienen, der sich dem Studium der Archäologie ergeben hatte.

Dieser Lebensabschnitt – ich nenne ihn meine römischen Jahre – war für mich hochinteressant: Erst nahm mich Julius – so hieß der Student – täglich mit in die Thermen des Caracalla, dieses Restgemäuer einer riesigen Badeanstalt; dort in den Thermen freundete ich mich sehr mit einer Thermosflasche an, die mich und meinen Herrn zur Arbeit begleitete. Die Thermosflasche hieß Hulda, oft lagen wir stundenlang zusammen im Grase, wenn Julius mit dem Spaten arbeitete; ich verlobte mich später mit Hulda, heiratete sie in meinem zweiten römischen Jahr, obwohl ich heftige Vorwürfe meiner Mutter zu hören bekam, die die Ehe mit einer Thermosflasche als meiner unwürdig empfand. Meine Mutter wurde überhaupt seltsam: sie fühlte sich gedemütigt, weil sie als Tabakdose Verwendung fand, wie es meine liebe Schwester Josephine als äußerste Kränkung empfand, zum Aschenbecher erniedrigt worden zu sein.

Ich verlebte glückliche Monate mit Hulda, meiner Frau; zusammen lernten wir alles kennen, was auch Julius kennenlernte: Das Grab des Augustus, die Via Appia, das Forum Romanum – doch blieb mir letzteres in trauriger Erinnerung, weil hier Hulda, meine geliebte Frau, durch den Steinwurf eines römischen Straßenjungen zerstört wurde. Sie starb durch ein faustgroßes Stück Marmor aus einer Statue der Göttin Venus.

Dem Leser, der geneigt ist, weiterhin meinen Gedanken zu folgen, der Herz genug hat, auch einer henkellosen Tasse Schmerz und Lebensweisheit zuzugestehen – diesem kann ich jetzt melden, daß die Spatzen längst die Brösel weggepickt haben, so daß keine unmittelbare Lebensgefahr mehr für mich besteht, auch ist inzwischen auf der beschlagenen

Scheibe eine blanke Stelle von der Größe eines Suppentellers entstanden und ich sehe den Baum drinnen deutlich, sehe auch das Gesicht meines Freundes Walter, der seine Nase an der Scheibe plattdrückt und mir zulächelt; Walter hat noch vor drei Stunden, bevor die Bescherung anfing, Seifenblasen gemacht, jetzt deutet er mit dem Finger auf mich, sein Vater schüttelt den Kopf, deutet mit seinem Finger auf die nagelneue Eisenbahn, die Walter bekommen hat, aber Walter schüttelt den Kopf – und ich weiß, während die Scheibe sich wieder beschlägt, daß ich spätestens in einer halben Stunde im warmen Zimmer sein werde . . .

Die Freude am Genuß der römischen Jahre wurde nicht nur durch den Tod meiner Frau, mehr noch durch die Absonderlichkeiten meiner Mutter und die Unzufriedenheit meiner Schwester getrübt, die sich abends, wenn wir beisammen im Schrank saßen, heftig bei mir über die Verkennung ihrer Bestimmung beklagten. Doch standen auch mir Erniedrigungen bevor, die eine selbstbewußte Tasse nur mit Mühe ertragen kann: Julius trank Schnaps aus mir! Von einer Tasse sagen: »aus der ist schon Schnaps getrunken worden«, bedeutet dasselbe, als wenn man von einem Menschen sagt: »der ist in schlechter Gesellschaft gewesen!« Und es wurde sehr viel Schnaps aus mir getrunken.

Es waren erniedrigende Zeiten für mich. Sie währten so lange, bis in Begleitung eines Kuchens und eines Hemdes einer meiner Vettern, ein Eierbecher, aus München nach Rom geschickt wurde: Von diesem Tag an wurde der Schnaps aus meinem Vetter getrunken, und ich wurde von Julius an eine Dame verschenkt, die mit demselben Ziel wie Julius nach Rom gekommen war.

Hatte ich drei Jahre lang vom Fenstersims unserer römischen Wohnung auf das Grab des Augustus blicken können, so zog ich nun um und blickte die beiden nächsten Jahre von meiner neuen Wohnung auf die Kirche Santa Maria Maggiore: In meiner neuen Lebenslage war ich zwar von meiner Mutter getrennt, doch diente ich wieder meinem eigentlichen

Lebenszweck: es wurde Kaffee aus mir getrunken, ich wurde täglich zweimal gesäubert und stand in einem hübschen, kleinen Schränkchen.

Doch blieben mir auch hier Erniedrigungen nicht erspart: Meine Gesellschaft in jenem hübschen Schränkchen war eine Hurz! Die ganze Nacht und viele, viele Stunden des Tages – und dies zwei Jahre hindurch – mußte ich die Gesellschaft der Hurz ertragen. Die Hurz war aus dem Geschlecht derer von Hurlewang, ihre Wiege hatte im Stammschloß der Hurlewang in Hürzenich an der Hürze gestanden, und sie war neunzig Jahre alt. Doch hatte sie in ihren neunzig Jahren wenig erlebt.

Meine Frage, warum sie immer im Schrank stünde, beantwortete sie hochnäsig: »Aus einer Hurz trinkt man doch nicht!« Die Hurz war schön, sie war von einem zarten Grauweiß, hatte winzige grüne Pünktchen aufgemalt, und jedesmal, wenn ich sie schockierte, wurde sie blaß, daß die grünen Pünktchen ganz deutlich zu sehen waren. Ohne jede böse Absicht schockierte ich sie oft: zunächst durch einen Heiratsantrag. Sie wurde, als ich ihr Herz und Hand antrug, so blaß, daß ich um ihr Leben bangte; es dauerte einige Minuten, bis sie wieder etwas Farbe bekam, dann flüsterte sie: »Bitte, sprechen Sie nie wieder davon; mein Bräutigam steht in Erlangen in einer Vitrine und wartet auf mich.«

»Wie lange schon?« fragte ich.

»Seit zwanzig Jahren«, sagte sie; »wir haben uns im Frühjahr 1914 verlobt – doch wurden wir jäh getrennt. Ich verlebte den Krieg im Safe der Sicherheitsbank in Frankfurt, er im Keller unseres Hauses in Erlangen. Nach dem Krieg kam ich infolge von Erbstreitigkeiten in eine Vitrine nach München, er, infolge der gleichen Erbstreitigkeiten, in eine Vitrine nach Erlangen. Unsere einzige Hoffnung ist die, daß Diana« – so hieß unsere Herrin – »sich mit Wolfgang, dem Sohn der Dame in Erlangen, in deren Vitrine mein Bräutigam steht, verheiratet, dann werden wir in der Erlanger Vitrine wieder vereint sein.«

Ich schwieg, um sie nicht wieder zu kränken, denn ich hatte natürlich längst gemerkt, daß Julius und Diana einander nähergekommen waren. Diana hatte zu Julius während einer Exkursion nach Pompeji gesagt: »Ach, wissen Sie, ich habe zwar eine Tasse, aber so eine, aus der man nicht trinken darf.«

»Ach«, hatte Julius gesagt, »ich darf Ihnen doch aus dieser Verlegenheit helfen?«

Später, da ich sie nie mehr um ihre Hand bat, verstand ich mich mit der Hurz ganz gut. Wenn wir abends zusammen im Schrank standen, sagte sie immer: »Ach, erzählen Sie mir doch etwas, aber bitte nicht ganz so ordinär, wenn es geht.«

Daß aus mir Kaffee, Kakao, Milch, Wein und Wasser getrunken worden waren, fand sie schon reichlich merkwürdig, aber als ich davon erzählte, daß Julius aus mir Schnaps getrunken hatte, bekam sie wieder einen Ohnmachtsanfall und erlaubte sich die (meiner bescheidenen Meinung nach) unberechtigte Äußerung: »Hoffentlich fällt Diana nicht auf diesen ordinären Burschen herein.«

Doch alles sah so aus, als ob Diana auf den ordinären Burschen hereinfallen würde: Die Bücher in Dianas Zimmer verstaubten, wochenlang blieb in der Schreibmaschine ein einziger Bogen eingespannt, auf den nur ein halber Satz geschrieben war: »Als Winckelmann in Rom . . .«

Ich wurde nur noch hastig gesäubert, und selbst die weltfremde Hurz begann zu ahnen, daß ihr Wiedersehen mit dem Verlobten in Erlangen immer unwahrscheinlicher wurde, denn Diana bekam zwar Briefe aus Erlangen, ließ diese Briefe aber unbeantwortet liegen. Diana wurde seltsam: sie trank – nur zögernd gebe ich dies zu Protokoll – Wein aus mir, und als ich dieses der Hurz abends erzählte, kippte sie fast um und sagte, als sie wieder zu sich kam: »Ich kann unmöglich im Besitz einer Dame bleiben, die es fertigbringt, Wein aus einer Tasse zu trinken.«

Sie wußte nicht, die gute Hurz, wie bald sich ihr Wunsch erfüllen würde: Die Hurz wanderte zu einem Pfandleiher, und Diana nahm den Bogen mit dem angefangenen Satz »Als

Winckelmann in Rom...« aus der Maschine und schrieb an Wolfgang.

Später kam ein Brief von Wolfgang, den Diana, während sie aus mir Milch trank, beim Frühstück las, und ich hörte sie flüstern: »Es ging ihm also nicht um mich, nur um die blöde Hurz.« Ich sah noch, daß sie den Pfandschein aus dem Buch »Einführung in die Archäologie« nahm, ihn in einen Briefumschlag steckte – und so darf ich annehmen, daß die gute Hurz inzwischen in Erlangen mit ihrem Bräutigam vereint in der Vitrine steht, und ich bin sicher, daß Wolfgang eine würdige Frau gefunden hat.

Für mich folgten merkwürdige Jahre: Ich fuhr, zusammen mit Julius und Diana, nach Deutschland zurück. Sie hatten beide kein Geld, und ich galt ihnen als kostbarer Besitz, weil man aus mir Wasser trinken konnte, klares, schönes Wasser, wie man es aus dem Brunnen der Bahnhöfe trinken kann. Wir fuhren weder nach Erlangen noch nach Frankfurt, sondern nach Hamburg, wo Julius eine Anstellung bei einem Bankhaus angenommen hatte.

Diana war schöner geworden. Julius war blaß – ich aber war wieder mit meiner Mutter und meiner Schwester vereint, und die beiden waren Gott sei Dank etwas zufriedener. Meine Mutter pflegte, wenn wir abends auf dem Küchenherd beieinanderstanden, zu sagen: »Na ja, immerhin Margarine...«, und meine Schwester wurde sogar ein wenig hochnäsig, weil sie als Wurstteller diente; mein Vetter aber, der Eierbecher, machte eine Karriere, wie sie selten einem Eierbecher beschieden ist: er diente als Blumenvase. Gänseblümchen, Butterblumen, winzigen Margeriten diente er als Aufenthalt, und wenn Diana und Julius Eier aßen, stellte sie sie an den Rand der Untertasse.

Julius wurde ruhiger, Diana wurde Mutter – ein Krieg kam, und ich dachte oft an die Hurz, die sicher wieder im Safe einer Bank lag, und obwohl sie mich oft gekränkt hatte, so hoffte ich doch, sie möge auch im Banksafe mit ihrem Mann vereint sein. Zusammen mit Diana und dem ältesten

Kind Johanna verbrachte ich den Krieg in der Lüneburger Heide, und oft hatte ich Gelegenheit, Julius' nachdenkliches Gesicht zu betrachten, wenn er auf Urlaub kam und lange in mir rührte. Diana erschrak oft, wenn Julius so lange im Kaffee rührte, und sie rief: »Was hast du nur – du rührst ja stundenlang im Kaffee.«

Merkwürdig genug, daß sowohl Diana wie Julius vergessen zu haben scheinen, wie lange ich schon bei ihnen bin: sie lassen es zu, daß ich hier draußen friere, nun von einer herumstreunenden Katze wieder gefährdet werde – während drinnen Walter nach mir weint. Walter liebt mich, er hat mir sogar einen Namen gegeben, nennt mich »Trink-wie-Iwans« – ich diene ihm nicht nur als Seifenblasenbasis, diene auch als Futterkrippe für seine Tiere, als Badewanne für seine winzigen Holzpuppen, ich diene ihm zum Anrühren von Farbe, von Kleister . . . Und ich bin sicher, daß er versuchen wird, mich mit dem neuen Zug, den er geschenkt bekam, zu transportieren.

Walter weint heftig, ich höre ihn, und ich bange um den Familienfrieden, den ich an diesem Abend gewährleistet haben möchte – und doch betrübt es mich, zu erfahren, wie schnell die Menschen alt werden: weiß Julius denn nicht mehr, daß eine henkellose Tasse wichtiger und wertvoller sein kann als eine nagelneue Eisenbahn? Er hat es vergessen: hartnäckig verweigert er Walter, mich wieder hereinzuholen – ich höre ihn schimpfen, höre nicht nur Walter, sondern auch Diana weinen, und daß Diana weint, ist mir schlimm: ich liebe Diana.

Sie war es zwar, die mir den Henkel abbrach; als sie mich einpackte beim Umzug von der Lüneburger Heide nach Hamburg, vergaß sie, mich genügend zu polstern, und so verlor ich meinen Henkel, doch blieb ich wertvoll: damals war selbst eine Tasse ohne Henkel noch wertvoll, und merkwürdig, als es wieder Tassen zu kaufen gab, war es Julius, der mich wegwerfen wollte, aber Diana sagte: »Julius, du willst wirklich die Tasse wegwerfen – diese Tasse?«

Julius errötete, er sagte »Verzeih!« – und so blieb ich am Leben, diente bittere Jahre lang als Topf für Rasierseife, und wir Tassen hassen es, als Rasiertopf zu enden.

Ich ging spät noch eine zweite Ehe ein mit einer Haarnadelbüchse aus Porzellan; diese meine zweite Frau hieß Gertrud, sie war gut zu mir und war weise, und wir standen zwei ganze Jahre lang nebeneinander auf dem Glasbord im Badezimmer.

Es ist dunkel geworden, sehr plötzlich; immer noch weint Walter drinnen, und ich höre, wie Julius von Undankbarkeit spricht – ich kann nur den Kopf schütteln: Wie töricht doch diese Menschen sind! Es ist still hier draußen: Schnee fällt – längst ist die Katze weggeschlichen, doch nun erschrecke ich: das Fenster wird aufgerissen, Julius ergreift mich, und am Griff seiner Hände spüre ich, wie zornig er ist: wird er mich zerschmettern?

Man muß eine Tasse sein, um zu wissen, wie schrecklich solche Augenblicke sind, wo man ahnt, daß man an die Wand, auf den Boden geworfen werden soll. Doch Diana rettete mich im letzten Augenblick, sie nahm mich aus Julius' Hand, schüttelte den Kopf und sagte leise: »Diese Tasse willst du . . .« Und Julius lächelte plötzlich, sagte: »Verzeih, ich bin so aufgeregt . . .«

Längst hat Walter aufgehört zu weinen, längst sitzt Julius mit seiner Zeitung am Ofen, und Walter beobachtet von Julius' Schoß aus, wie die gefrorene Seifenlauge in mir auftaut, er hat den Strohhalm schon herausgezogen – und nun stehe ich, ohne Henkel, fleckig und alt, mitten im Zimmer zwischen den vielen nagelneuen Sachen, und es erfüllt mich mit Stolz, daß ich es war, die den Frieden wiederhergestellt hat, obwohl ich mir wohl Vorwürfe machen müßte, die gewesen zu sein, die ihn störte. Aber ist es meine Schuld, daß Walter mich mehr liebt als seine neue Eisenbahn?

Ich wünsche nur, Gertrud, die vor einem Jahr starb, lebte noch, um Julius' Gesicht zu sehen: es sieht so aus, als habe er etwas begriffen . . .

Immer, wenn ich die Bengelmannstraße entlanggehe, muß ich an Bodo Bengelmann denken, dem die Akademie den Rang eines Unsterblichen zuerkannt hat. Auch wenn ich nicht die Bengelmannstraße betrete, denke ich oft an Bodo, aber immerhin: sie geht von Nr. 1 bis 678, führt aus dem Zentrum der Stadt, an den Leuchtreklamen der Bars vorbei bis in ländliche Gefilde, wo die Kühe abends brüllend darauf warten, an die Tränke geführt zu werden. Diese Straße trägt Bodos Namen quer durch die Stadt, in ihr liegt das Pfandhaus, liegt »Beckers billiger Laden«, und ich gehe oft ins Pfandhaus, gehe oft in »Beckers billigen Laden«, oft genug, um an Bodo erinnert zu werden.

Wenn ich dem Beamten des Leihhauses meine Uhr über die Theke schiebe, er die Lupe vor die Augen klemmt, die Uhr taxiert, sie mit einem verächtlichen »Vier Mark« über die Theke zurück auf mich zuschiebt, wenn ich dann geknickt den Zettel unterschrieben, die Uhr wieder über die Theke geschoben habe, wenn ich zur Kasse schlendere und dort warte, bis die Rohrpost meinen Pfandschein herüberbringt, habe ich Zeit genug, an Bodo Bengelmann zu denken, mit dem ich oft genug an dieser Kasse gestanden habe.

Bodo hatte eine alte Remington-Schreibmaschine, auf der er seine Gedichte – mit jeweils vier Durchschlägen – ins reine schrieb. Fünfmal haben wir vergeblich versucht, auf diese Maschine ein Darlehen des städtischen Leihhauses zu bekommen. Die Maschine war zu alt, klapperte und ächzte, und die Verwaltung des Leihhauses blieb hart, vorschriftsmäßig hart. Bodos Großvater, der Eisenhändler, Bodos Vater, der Steuerberater, Bodo selbst, der Lyriker – drei Generationen von Bengelmanns hatten zu oft auf dieser Maschine herumgehämmert, als daß sie eines städtischen Darlehens (monatlich 2 %) würdig gewesen wäre.

Jetzt freilich gibt es eine Bengelmann-Gedächtnisstätte, in der man einen rötlichen, zerkauten Federhalter aufbewahrt, der unter Glas liegt, mit der Aufschrift versehen: »Die Feder, mit der Bodo Bengelmann schrieb.«

Tatsächlich hat Bodo nur zwei von seinen fünfhundert Gedichten mit diesem Federhalter geschrieben, den er seiner Schwester Lotte aus dem Ledermäppchen stahl. Die meisten seiner Gedichte schrieb er mit Tintenstift, manche direkt in die Maschine, die wir an einem Tage äußerster Depression für ihren bloßen Schrottwert von sechs Mark achtzig einem Manne verkauften, der Heising hieß und nichts von der unsterblichen Lyrik ahnte, die ihr entquollen war. Heising wohnte in der Humboldtstraße, lebte vom Althandel und ist von Bodo in dem Gedicht ›Kammer des kauzigen Krämers‹ verewigt worden.

So ist Bodos wirkliches Schreibgerät nicht in der Bengelmann-Gedächtnisstätte zu finden, sondern dieser Federhalter, der die Spuren von Lotte Bengelmanns Zähnen zeigt. Lotte selbst hat längst vergessen, daß er ihr gehörte, sie bringt es fertig, heute weinend davorzustehen, Tränen zu vergießen einer Tatsache wegen, die nie eine gewesen ist. Sie hat ihre kümmerlichen Schulaufsätze damit geschrieben, während Bodo – ich entsinne mich dessen genau – nach dem Verzehr zweier Koteletts, eines Haufens Salat, eines großen Vanillepuddings und zweier Käseschnitten – mit diesem Federhalter ohne abzusetzen die Gedichte: ›Herbstlich zernebeltes Herz‹ und ›Weine, o Woge, weine‹ niederschrieb. Er schrieb seine besten Gedichte mit vollem Magen, war überhaupt gefräßig, wie viele schwermütige Menschen, und hat den Federhalter seiner Schwester nur achtzehn Minuten gebraucht, während seine gesamte lyrische Produktion sich über acht Jahre erstreckte.

Heute lebt Lotte vom lyrischen Ruhm ihres Bruders; sie hat zwar einen Mann geheiratet, der Hosse heißt, nennt sich aber nur »Bodo Bengelmanns Schwester«. Sie war immer gemein. Sie verpetzte Bodo immer, wenn er dichtete, denn

Dichten gehörte zu den Dingen, die man bei Bengelmanns für zeitraubend, deshalb überflüssig hielt.

Bodos Qual war groß. Es drängte ihn einfach, war sein Fluch, reine Poesie von sich zu geben. Aber immer, wenn er dichtete, Lotte entdeckte es, ihre kreischende Stimme ertönte im Flur, in der Küche, sie rannte triumphierend in Herrn Bengelmanns Büro, schrie: »Bodo dichtet wieder!«, und Herr Bengelmann – ein furchtbar energischer Mensch – rief: »Wo ist das Schwein?« (Der Wortschatz der Bengelmanns war etwas ordinär.) Dann gab es Senge. Bodo, sensibel wie alle Lyriker, wurde am Wickel gepackt, die Treppe hinunter-gezerrt und mit dem stählernen Lineal verprügelt, mit dem Herr Bengelmann Striche unter die Kontoauszüge seiner Kunden zog.

Später schrieb Bodo viel bei uns zu Hause, und ich bin Besitzer von fast siebzig unveröffentlichten Bengelmanns, die ich mir als Altersrente aufzubewahren gedenke. Eines dieser Gedichte beginnt »Lotte, du Luder, latentes...« (Bodo gilt als Erneuerer des Stabreims.)

Unter Qualen, völlig verkannt, häufig verprügelt, hat Bodo sein siebzehntes Jahr vollendet, ist in den hohen Genuß der mittleren Reife gekommen und zu einem Tapetenhändler in die Lehre gegeben worden. Die Umstände begünstigten seine lyrische Produktion: der Tapetenhändler lag meistens be-trunken unter der Theke und Bodo schrieb auf die Rück-seite von Tapetenmustern.

Einen weiteren Auftrieb erhielt seine Produktion, als er sich in jenes Mädchen verliebte, das er in den ›Liedern für Theodora‹ besungen hat, obwohl sie nicht Theodora hieß.

So wurde Bodo neunzehn, und an einem ersten Dezember investierte er sein ganzes Lehrlingsgehalt von 50,– DM in Porto und schickte dreihundert Gedichte an dreihundert ver-schiedene Redaktionen, ohne Rückporto beizulegen: eine Kühnheit, die in der gesamten Literaturgeschichte einmalig ist. Vier Monate später – noch keine zwanzig Jahre alt – war er ein berühmter Mann.

Einhundertzweiundfünfzig von seinen Gedichten waren gedruckt worden, und der schweißtriefende Geldbriefträger stieg nun jeden Morgen vor dem Bengelmannschen Hause vom Fahrrad. Das Weitere ist nur eine Multiplikationsaufgabe, bei der man die Anzahl von Bodos Gedichten mit der Anzahl der Zeitungen, dieses Zwischenergebnis mit 40 zu multiplizieren hat.

Leider genoß er nur zwei Jahre seinen Ruhm. Er starb an einem Lachkrampf. Eines Tages gestand er mir: »Ruhm ist nur eine Portofrage« – flüsterte weiter: »ich habe es doch gar nicht so ernst gemeint«, brach in heftiges, immer heftiger werdendes Lachen aus – und verschied. Das waren die einzigen Sätze in gültiger Prosa, die er je äußerte: ich übergebe sie hiermit der Nachwelt.

Nun ist Bodos Ruhm in der Hauptsache begründet worden durch seine ›Lieder an Theodora‹, eine zweihundert Gedichte umfassende Sammlung von Liebeslyrik, die an Inbrunst ihresgleichen noch sucht. Verschiedene Kritiker haben sich schon essayistisch an dem Thema versucht: ›Wer war Theodora?‹, einer identifizierte sie schamlos mit einer zeitgenössischen, noch lebenden Dichterin, bewies es triftig, peinlich genug für die Dichterin, die Bodo nie gesehen hat, nun aber fast gezwungen ist, zuzugeben, daß sie Theodora ist. Aber sie ist es nicht: ich weiß es genau, weil ich Theodora kenne. Sie heißt Käte Barutzki, steht in ›Beckers billigem Laden‹ an Tisch 6, wo sie Schreibwaren verkauft. Auf Papier aus ›Beckers billigem Laden‹ sind Bodos sämtliche Gedichte ins reine geschrieben; oft genug habe ich mit ihm am Tisch dieser Käte Barutzki gestanden, die übrigens eine reizende Person ist: sie ist blond, lispelt ein wenig, hat von höherer Literatur keine Ahnung und liest abends in der Straßenbahn ›Beckers billige Bücher‹, die den Angestellten zum Vorzugspreis verkauft werden.

Auch Bodo wußte von dieser Lektüre; es tat seiner Liebe nicht den geringsten Abbruch. Oft haben wir vor dem Laden gestanden, haben Käte aufgelauert, sind ihr gefolgt, an Som-

merabenden, in herbstlichem Nebel sind wir diesem Mädchen nachgeschlichen, bis in den Vorort, in dem sie heute
noch wohnt. Schade, daß Bodo zu schüchtern war, sie jemals
anzusprechen. Er brachte es nicht fertig, obwohl die Flamme
heftig in ihm brannte. Auch als er berühmt war, das Geld nur
so floß, kaufte er immer in ›Beckers billigem Laden‹, um nur
oft dieses hübsche Mädchen zu sehen, die kleine Käte Barutzki, die lächelte und lispelte wie eine Göttin. Daher kommt
so oft in den ›Liedern für Theodora‹ die Wendung »zaube-
rischer Zungenschlag, zahmer…« vor.

Bodo schickte ihr auch oft anonyme Briefe mit Gedichten,
aber ich muß annehmen, daß diese Lyrik im Ofen der Ba-
rutzkis gelandet beziehungsweise gestrandet ist, wenn man
mir als schlichtem Epiker ein schlichtes Bild gestatten will.

Noch oft gehe ich abends zu ›Beckers billigem Laden‹, und
ich habe festgestellt, daß Käte neuerdings von einem jungen
Mann abgeholt wird, der offenbar weniger schüchtern als
Bodo und – seiner Kleidung nach zu urteilen – Autoschlosser
ist. Ich könnte mich dem Forum der Literaturgeschichte stellen, könnte beweisen, daß diese Käte mit Bodo Bengelmanns
Theodora identisch ist. Aber ich tue es nicht, weil ich um
Kätes Wohl, das Glück des Autoschlossers zittere. Nur
manchmal gehe ich zu ihr, wühle in Flitterpapier, krame in
›Beckers billigen Büchern‹, suche mir einen Radiergummi
aus, blicke Käte an und spüre, wie der Atem der Geschichte
mich anweht.

Nur zögernd bekenne ich mich zu einem Beruf, der mich zwar ernährt, mich aber zu Handlungen zwingt, die ich nicht immer reinen Gewissens vornehmen kann: Ich bin Angestellter des Hundesteueramtes und durchwandere die Gefilde unserer Stadt, um unangemeldete Beller aufzuspüren. Als friedlicher Spaziergänger getarnt, rundlich und klein, eine Zigarre mittlerer Preislage im Mund, gehe ich durch Parks und stille Straßen, lasse mich mit Leuten, die Hunde spazierenführen, in ein Gespräch ein, merke mir ihre Namen, ihre Adresse, kraule freundlich tuend dem Hund den Hals, wissend, daß er demnächst fünfzig Mark einbringen wird.

Ich kenne die angemeldeten Hunde, rieche es gleichsam, spüre es, wenn ein Köter reinen Gewissens an einem Baum steht und sich erleichtert. Mein besonderes Interesse gilt trächtigen Hündinnen, die der freudigen Geburt zukünftiger Steuerzahler entgegensehen: ich beobachte sie, merke mir genau den Tag des Wurfes und überwache, wohin die Jungen gebracht werden, lasse sie ahnungslos groß werden bis zu jenem Stadium, wo niemand sie mehr zu ertränken wagt – und überliefere sie dann dem Gesetz. Vielleicht hätte ich einen anderen Beruf erwählen sollen, denn ich habe Hunde gern, und so befinde ich mich dauernd im Zustand der Gewissensqual: Pflicht und Liebe streiten sich in meiner Brust, und ich gestehe offen, daß manchmal die Liebe siegt. Es gibt Hunde, die ich einfach nicht melden kann, bei denen ich – wie man so sagt – beide Augen zudrücke. Besondere Milde beseelt mich jetzt, zumal mein eigener Hund auch nicht angemeldet ist: ein Bastard, den meine Frau liebevoll ernährt, liebstes Spielzeug meiner Kinder, die nicht ahnen, welch ungesetzlichem Wesen sie ihre Liebe schenken.

Das Leben ist wirklich riskant. Vielleicht sollte ich vorsichtiger sein; aber die Tatsache, bis zu einem gewissen Grade

Hüter des Gesetzes zu sein, stärkt mich in der Gewißheit, es permanent brechen zu dürfen. Mein Dienst ist hart: ich hocke stundenlang in dornigen Gebüschen der Vorstadt, warte darauf, daß Gebell aus einem Behelfsheim dringt oder wildes Gekläff aus einer Baracke, in der ich einen verdächtigen Hund vermute. Oder ich ducke mich hinter Mauerreste und lauere einem Fox auf, von dem ich weiß, daß er nicht Inhaber einer Karteikarte, Träger einer Kontonummer ist. Ermüdet, beschmutzt kehre ich dann heim, rauche meine Zigarre am Ofen und kraule unserem Pluto das Fell, der mit dem Schwanz wedelt und mich an die Paradoxie meiner Existenz erinnert.

So wird man begreifen, daß ich sonntags einen ausgiebigen Spaziergang mit Frau und Kindern und Pluto zu schätzen weiß, einen Spaziergang, auf dem ich mich für Hunde gleichsam nur platonisch zu interessieren brauche, denn sonntags sind selbst die unangemeldeten Hunde der Beobachtung entzogen.

Nur muß ich in Zukunft einen anderen Weg bei unseren Spaziergängen wählen, denn schon zwei Sonntage hintereinander bin ich meinem Chef begegnet, der jedesmal stehenbleibt, meine Frau, meine Kinder begrüßt und unserem Pluto das Fell krault. Aber merkwürdigerweise: Pluto mag ihn nicht, er knurrt, setzt zum Sprung an, etwas, das mich im höchsten Grade beunruhigt, mich jedesmal zu einem hastigen Abschied veranlaßt und das Mißtrauen meines Chefs wachzurufen beginnt, der stirnrunzelnd die Schweißtropfen betrachtet, die sich auf meiner Stirn sammeln.

Vielleicht hätte ich Pluto anmelden sollen, aber mein Einkommen ist gering – vielleicht hätte ich einen anderen Beruf ergreifen sollen, aber ich bin fünfzig, und in meinem Alter wechselt man nicht mehr gern: jedenfalls wird mein Lebensrisiko zu permanent, und ich würde Pluto anmelden, wenn es noch ginge. Aber es geht nicht mehr: In leichtem Plauderton hat meine Frau dem Chef berichtet, daß wir das Tier schon drei Jahre besitzen, daß es mit der Familie verwachsen sei, unzertrennlich von den Kindern – und ähnliche

Scherze, die es mir unmöglich machen, Pluto jetzt noch anzumelden.

Vergebens versuche ich, meiner inneren Gewissensqual Herr zu werden, indem ich meinen Diensteifer verdoppele: es nützt mir alles nichts: ich habe mich in eine Situation begeben, aus der mir kein Ausweg möglich erscheint. Zwar soll man dem Ochsen, der da drischt, das Maul nicht verbinden, aber ich weiß nicht, ob mein Chef elastischen Geistes genug ist, Bibeltexte gelten zu lassen. Ich bin verloren, und manche werden mich für einen Zyniker halten, aber wie soll ich es nicht werden, da ich dauernd mit Hunden zu tun habe...

Als ich dreizehn Jahre alt war, wurde ich zum König von Capota ausgerufen. Ich saß gerade in meinem Zimmer und war damit beschäftigt, aus einem »Nicht genügend« unter einem Aufsatz das »Nicht« wegzuradieren. Mein Vater, Pig Gi I. von Capota, war für vier Wochen im Gebirge zur Jagd, und ich sollte ihm meinen Aufsatz mit dem königlichen Eilkurier nachsenden. So rechnete ich mit der schlechten Beleuchtung in Jagdhütten und radierte eifrig, als ich plötzlich vor dem Palast heftiges Geschrei hörte: »Es lebe Pig Gi der Zweite!«

Kurz darauf kam mein Kammerdiener ins Zimmer gestürzt, warf sich auf der Türschwelle nieder und flüsterte hingebungsvoll: »Majestät geruhen bitte, mir nicht nachzutragen, daß ich Majestät damals wegen Rauchens dem Herrn Ministerpräsidenten gemeldet habe.«

Die Untertänigkeit des Kammerdieners war mir widerwärtig, ich wies ihn hinaus und radierte weiter. Mein Hauslehrer pflegte mit rotem Tintenstift zu zensieren. Ich hatte gerade ein Loch ins Heft radiert, als ich wieder unterbrochen wurde: der Ministerpräsident trat ein, kniete an der Tür nieder und rief: »Hoch, Pig Gi der Zweite, dreimal hoch!« Er setzte hinzu: »Majestät, das Volk wünscht Sie zu sehen.«

Ich war sehr verwirrt, legte den Radiergummi beiseite, klopfte mir den Schmutz von den Händen und fragte: »Warum wünscht das Volk mich zu sehen?«

»Weil Sie König sind.«

»Seit wann?«

»Seit einer halben Stunde. Ihr allergnädigster Herr Vater wurde auf der Jagd von einem Rasac erschossen.« (Rasac ist die Abkürzung für »Rasante Sadisten Capotas«.)

»Oh, diese Rasac!« rief ich. Dann folgte ich dem Ministerpräsidenten und zeigte mich vom Balkon aus dem Volk. Ich lächelte, schwenkte die Arme und war sehr verwirrt.

Diese spontane Kundgebung dauerte zwei Stunden. Erst gegen Abend, als es dunkel wurde, zerstreute sich das Volk; als Fackelzug kam es einige Stunden später wieder am Palast vorbei.

Ich ging in meine Zimmer zurück, zerriß das Aufsatzheft und streute die Fetzen in den Innenhof des Königspalastes. Dort wurden sie – wie ich später erfuhr – von Andenkensammlern aufgehoben und in fremde Länder verkauft, wo man heute die Beweise meiner Schwächen in Rechtschreibung unter Glas aufbewahrt.

Es folgten nun anstrengende Monate. Die Rasac versuchten zu putschen, wurden aber von den Misac (»Milde Sadisten Capotas«) und vom Heer unterdrückt. Mein Vater wurde beerdigt, und ich mußte an den Parlamentssitzungen teilnehmen und Gesetze unterschreiben – aber im großen ganzen gefiel mir das Königtum, weil ich meinem Hauslehrer gegenüber nun andere Methoden anwenden konnte.

Fragte er mich im mündlichen Unterricht: »Geruhen Eure Majestät, mir aufzusagen, welche Regeln es bezüglich der Behandlung unechter Brüche gibt?« Dann sagte ich: »Nein, ich geruhe nicht«, und er konnte nichts machen. Sagte er: »Würden Eure Majestät es untragbar finden, wenn ich Eure Majestät bäte, mir – etwa drei Seiten lang – aufzuschreiben, welches die Motive des Tell waren, als er Geßler ermordete?« Dann sagte ich: »Ja, ich würde es untragbar finden« – und ich forderte ihn auf, mir die Motive des Tell aufzuzählen.

So erlangte ich fast mühelos eine gewisse Bildung, verbrannte sämtliche Schulbücher und Hefte und gab mich meinen eigentlichen Leidenschaften hin, ich spielte Ball, warf mit meinem Taschenmesser nach der Türfüllung, las Kriminalromane und hielt lange Konferenzen ab mit dem Leiter des Hofkinos. Ich ordnete an, daß alle meine Lieblingsfilme angeschafft würden und trat im Parlament für eine Schulreform ein.

Es war eine herrliche Zeit, obwohl mich die Parlamentssitzungen ermüdeten. Es gelang mir, nach außen hin den
schwermütigen jugendlichen König zu markieren, und ich
verließ mich ganz auf den Ministerpräsidenten Pelzer, der
ein Freund meines Vaters und ein Vetter meiner verstorbenen
Mutter gewesen war.

Aber nach drei Monaten forderte Pelzer mich auf, zu heiraten. Er sagte: »Sie müssen dem Volke Vorbild sein, Majestät.« Vor dem Heiraten hatte ich keine Angst, schlimm war
nur, daß Pelzer mir seine elfjährige Tochter Jadwiga antrug,
ein dünnes kleines Mädchen, das ich oft im Hof Ball spielen
sah. Sie galt als doof, machte schon zum zweiten Male die
fünfte Klasse durch, war blaß und sah tückisch aus. Ich bat
mir von Pelzer Bedenkzeit aus, wurde nun wirklich schwermütig, lag stundenlang im Fenster meines Zimmers und sah
Jadwiga zu, die Ball oder Hüpfen spielte. Sie war etwas netter
angezogen, blickte hin und wieder zu mir hinauf und lächelte.
Aber ihr Lächeln kam mir künstlich vor.

Als die Bedenkzeit um war, trat Pelzer in Galauniform
vor mich: Er war ein mächtiger Mann mit gelbem Gesicht,
schwarzem Bart und funkelnden Augen. »Geruhen Eure
Majestät«, sagte er, »mir Ihre Entscheidung mitzuteilen. Hat
mein Kind Gnade vor Ihrer Majestät Augen gefunden?« Als
ich schlankweg »Nein« sagte, geschah etwas Schreckliches:
Pelzer riß sich die Epauletten von den Schultern, die Tressen
von der Brust, warf mir sein Portefeuille – es war aus Kunstleder – vor die Füße, raufte sich den Bart und schrie: »Das
also ist die Dankbarkeit capotischer Könige!«

Ich war in einer peinlichen Situation. Ohne Pelzer war ich
verloren. Kurz entschlossen sagte ich: »Ich bitte Sie um
Jadwigas Hand.«

Pelzer stürzte vor mir nieder, küßte mir inbrünstig die
Fußspitzen, hob Epauletten, Tressen und das Portefeuille
aus Kunstleder wieder auf.

Wir wurden in der Kathedrale von Huldebach getraut.
Das Volk bekam Bier und Wurst, es gab pro Kopf acht

Zigaretten und auf meine persönliche Anregung hin zwei Freifahrscheine für die Karussells; acht Tage lang umbrandete Lärm den Palast. Ich half nun Jadwiga bei den Aufgaben, wir spielten Ball, spielten Hüpfen, ritten gemeinsam aus und bestellten uns, sooft wir Lust hatten, Marzipan aus der Hofkonditorei oder gingen ins Hofkino. Das Königtum gefiel mir immer noch – aber ein schwerer Zwischenfall beendete endgültig meine Karriere.

Als ich vierzehn wurde, wurde ich zum Oberst und Kommandeur des 8. Reiterregiments ernannt. Jadwiga wurde Major. Wir mußten hin und wieder die Front des Regiments abreiten, an Kasinoabenden teilnehmen und an jedem hohen Feiertage Orden an die Brust verdienter Soldaten heften. Ich selbst bekam eine Menge Orden. Aber dann geschah die Geschichte mit Poskopek.

Poskopek war ein Soldat der vierten Schwadron meines Regiments, der an einem Sonntagabend desertierte, um einer Zirkusreiterin über die Landesgrenze zu folgen. Er wurde gefangen, in Arrest gebracht und von einem Kriegsgericht zum Tode verurteilt. Ich sollte als Regimentskommandeur das Urteil unterschreiben, aber ich schrieb einfach darunter: Wird zu vierzehn Tagen Arrest begnadigt, Pig Gi II.

Diese Notiz hatte schreckliche Folgen: Die Offiziere meines Regiments rissen sich alle ihre Epauletten von den Schultern, die Tressen und Orden von der Brust und ließen sie von einem jungen Leutnant in meinem Zimmer verstreuen. Die ganze capotische Armee schloß sich der Meuterei an, und am Abend des Tages war mein ganzes Zimmer mit Epauletten, Tressen und Orden angefüllt: es sah schrecklich aus.

Zwar jubelte das Volk mir zu, aber in der Nacht schon verkündete mir Pelzer, daß die ganze Armee zu den Rasac übergegangen sei. Es knallte, es schoß, und das wilde Hämmern von Maschinengewehren zerriß die Stille um den Palast. Zwar hatten die Misac mir eine Leibwache geschickt, aber Pelzer ging im Laufe der Nacht zu den Rasac über, und ich war gezwungen, mit Jadwiga zu fliehen.

Wir rafften Kleider, Banknoten und Schmuck zusammen, die Misac requirierten ein Taxi, wir erreichten mit knapper Not den Grenzbahnhof des Nachbarlandes, sanken erschöpft in ein Schlafwagenabteil zweiter Klasse und fuhren westwärts.

Über die Grenze Capotas herüber erklang Geknalle, wildes Geschrei, die ganze schreckliche Musik des Aufruhrs.

Wir fuhren vier Tage und stiegen in einer Stadt aus, die Wickelheim hieß: Wickelheim – dunkle Erinnerungen aus meinem Geographieunterricht sagten es mir – war die Hauptstadt des Nachbarlandes.

Inzwischen hatten Jadwiga und ich Dinge kennengelernt, die wir zu schätzen begannen: den Geruch der Eisenbahn, bitter und würzig, den Geschmack von Würstchen auf wildfremden Bahnhöfen; ich durfte rauchen, soviel ich wollte, und Jadwiga begann aufzublühen, weil sie von der Last der Schulaufgaben befreit war.

Am zweiten Tag unseres Aufenthaltes in Wickelheim wurden überall Plakate aufgeklebt, die unsere Aufmerksamkeit erregten: »*Zirkus Hunke* – die berühmte Reiterin Hula mit ihrem Partner Jürgen Poskopek.« Jadwiga war ganz aufgeregt, sie sagte: »Pig Gi, denke an unsere Existenz, Poskopek wird dir helfen.«

In unserem Hotel kam stündlich ein Telegramm aus Capota an, das den Sieg der Misac verkündete, die Erschießung Pelzers, eine Reorganisation der Militärs.

Der neue Ministerpräsident – er hieß Schmidt und war Anführer der Misac – bat mich zurückzukehren, die stählerne Krone der Könige von Capota aus den Händen des Volkes wieder aufzunehmen.

Einige Tage lang zögerte ich, aber letzten Endes siegte doch Jadwigas Angst vor den Schulaufgaben, ich ging zum Zirkus Hunke, fragte nach Poskopek und wurde von ihm mit stürmischer Freude begrüßt: »Retter meines Lebens«, rief er, in der Tür seines Wohnwagens stehend, aus, »was kann ich für Sie tun?« »Verschaffen Sie mir eine Existenz«, sagte ich schlicht.

Poskopek war rührend: er verwandte sich für mich bei Herrn Hunke, und ich verkaufte zuerst Limonade, dann Zigaretten, später Gulasch im Zirkus Hunke. Ich bekam einen Wohnwagen und wurde nach kurzer Frist Kassierer. Ich nahm den Namen Tückes an, Wilhelm Tückes, und wurde seitdem mit Telegrammen aus Capota verschont.

Man hält mich für tot, für verschollen, während ich mit der immer mehr aufblühenden Jadwiga im Wohnwagen des Zirkus Hunke die Lande durchziehe. Ich rieche fremde Länder, sehe sie, erfreue mich des großen Vertrauens, das Herr Hunke mir entgegenbringt. Und wenn nicht Poskopek mich hin und wieder besuchte und mir von Capota erzählte, wenn nicht Hula, die schöne Reiterin, seine Frau, mir immer wieder versicherte, daß ihr Mann mir sein Leben verdankt, dann würde ich überhaupt nicht mehr daran denken, daß ich einmal König war.

Aber neulich habe ich einen wirklichen Beweis meines früheren königlichen Lebens entdeckt.

Wir hatten ein Gastspiel in Madrid, und ich schlenderte morgens mit Jadwiga durch die Stadt, als ein großes graues Gebäude mit der Aufschrift »National-Museum« unsere Aufmerksamkeit erregte. »Laß uns dort hineingehen«, sagte Jadwiga, und wir gingen hinein in dieses Museum, in einen der großen abgelegenen Säle, über dem ein Schild »Handschriftenkunde« hing.

Ahnungslos sahen wir uns die Handschriften verschiedener Staatspräsidenten und Könige an, bis wir an einen Glaskasten kamen, auf dem ein schmaler weißer Zettel klebte: »Königreich Capota, seit zwei Jahren Republik.« Ich sah die Handschrift meines Großvaters Wuck XL., ein Stück aus dem berühmten Capotischen Manifest, das er eigenhändig verfaßt hatte, ich fand ein Notizblatt aus den Jagdtagebüchern meines Vaters – und schließlich einen Fetzen aus meinem Schulheft, ein Stück schmutzigen Papiers, auf dem ich las:

Rehgen bringt Sehgen. Beschämt wandte ich mich Jadwiga zu, aber sie lächelte nur und sagte: »Das hast du nun hinter dir, für immer.«

Wir verließen schnell das Museum, denn es war ein Uhr geworden, um drei fing die Vorstellung an, und ich mußte um zwei die Kasse eröffnen.

Die großen Fähigkeiten von James Wodruff sind schon früh einem kleinen Kreis von Spezialisten bekannt geworden, und wenn ich kurz von diesen Fähigkeiten berichte, statte ich eine alte Dankesschuld ab, denn immerhin – obwohl ich seit Jahren mit ihm verkracht bin –, James Wodruff war mein Lehrer: er hatte (hat noch) den einzigen Lehrstuhl für Rujukforschung inne, den es auf dieser Welt gibt, gilt mit Recht als der Begründer der Rujukforschung, und wenn er auch innerhalb der letzten dreißig Jahre nur zwei Schüler gehabt hat, so ist sein Verdienst nicht zu unterschätzen, denn er hat diesen Volksstamm entdeckt, seine Sprache, seine Sitten, seine Religion erforscht, hat zwei Expeditionen auf eine unwirtliche Insel südlich Australiens geleitet, und sein Verdienst bleibt, wenn er auch Irrtümern unterlegen ist, unschätzbar für die Wissenschaft.

Sein erster Schüler war Bill van der Lohe, von dem aber nur zu berichten ist, daß er sich im Hafen von Sydney eines Besseren besann, Geldwechsler wurde, heiratete, Kinder zeugte und später im Inneren Australiens eine Rinderfarm betrieb: Bill ging der Wissenschaft verloren.

Wodruffs zweiter Schüler war ich: Dreizehn Jahre meines Lebens habe ich darauf verwandt, Sprache, Sitte und Religion der Rujuks zu erlernen; fünf weitere Jahre verbrachte ich damit, Medizin zu studieren, um als Arzt bei den Rujuks zu leben, doch verzichtete ich darauf, das Staatsexamen abzulegen, weil die Rujuks – mit Recht – sich nicht für die Diplome europäischer Hochschulen, sondern für die Fähigkeiten eines Arztes interessieren. Außerdem war nach achtzehnjährigem Studium meine Ungeduld, wirkliche Rujuks kennenzulernen, zu einer Krise gekommen, und ich wollte keine Woche, wollte keinen Tag mehr warten, um endlich lebende Exemplare eines Volkes zu sehen, dessen Sprache ich fließend sprach. Ich packte Rucksäcke, Koffer, eine transportable Apotheke, meinen Instrumentenkasten, überprüfte mein Travellerscheckbuch, machte – für alle Fälle – mein Testament, denn ich besitze ein Landhaus in der Eifel und bin Inhaber der Nutzungsrechte eines Obstgutes am Rhein. Dann nahm ich ein Taxi zum Flugplatz, löste eine Flugkarte nach Sydney, von wo mich ein Walfänger mitnehmen sollte.

Mein Lehrer James Wodruff begleitete mich. Er selbst war zu hinfällig, noch eine Expedition zu riskieren, drückte mir aber zum Abschied noch einmal seine berühmte Schrift ›Volk nahe der Arktis‹ in die Hand, obwohl er genau wußte, daß ich diese Schrift auswendig herzusagen verstand. Bevor ich das Flugzeug bestieg, rief Wodruff mir zu: »Bruwal doidoi duraboi!«, was (frei übersetzt) heißen könnte: Mögen die Geister der Luft dich beschützen! Genau würde es wohl heißen: Der Wind möge keine widerspenstigen Geister gegen dich senden!, denn die Rujuks leben vom Fischfang und die Gunst des Windes ist ihnen heilig.

Der Wind sandte keine widerspenstigen Geister gegen uns, und ich landete wohlbehalten in Sydney, bestieg dort den Walfänger, wurde acht Tage später an einer winzigen Insel ausgesetzt, die, wie mein Lehrer mir versichert hatte, von den P-Rujuks bewohnt sein sollte, die sich von den eigentlichen Rujuks dadurch unterscheiden, daß ihr ABC das P enthält.

Doch die Insel erwies sich als unbewohnt, jedenfalls von Rujuks unbewohnt. Ich irrte einen Tag lang zwischen mageren Wiesen und steilen Felsen umher, fand zwar Spuren von Rujuk-Häusern, zu deren Bau sie eine Art Fischleim als Mörtel benutzten, aber der einzige Mensch, den ich auf dieser Insel traf, war ein Waschbärjäger, der für europäische Zoos unterwegs war. Ich fand ihn betrunken in seinem Zelt, und als ich ihn geweckt, ihn von meiner Harmlosigkeit überzeugt hatte, fragte er mich in ziemlich ordinärem Englisch nach einer gewissen Rita Hayworth. Da ich den Namen nicht genau verstand, schrieb er ihn auf einen Zettel und rollte dabei lüstern die Augen. Ich kannte eine Frau dieses Namens nicht und konnte ihm keine Auskunft geben. Drei Tage war ich gezwungen, die Gesellschaft dieses Banausen zu ertragen, der fast nur von Filmen sprach. Endlich konnte ich ihm gegen Überschreibung von Travellerschecks im Werte von 80 Dollar ein Schlauchboot abhandeln, und unter Lebensgefahr ruderte ich bei stiller See zu der acht Kilometer entfernten Insel hinüber, auf der die eigentlichen Rujuks wohnen sollten. Diese Angabe wenigstens erwies sich als richtig. Schon von weitem sah ich Menschen am Ufer stehen, sah Netze aufgehängt, sah einen Bootsschuppen, und heftig rudernd und winkend näherte ich mich dem Ufer, den Ruf auf den Lippen: »Joi wuba, joi wuba, buweida guhal!« (Vom Meer, vom Meer, komme ich, euch zu helfen, Brüder!)

Doch als ich dem Ufer näher gekommen war, sah ich, daß die Aufmerksamkeit der dort Stehenden einem anderen Fahrzeug galt: das Tuckern eines Motorbootes näherte sich von Westen, Tücher wurden geschwenkt, und ich landete völlig unbeachtet auf der Insel meiner Sehnsucht, denn das Motorboot kam fast gleichzeitig mit mir an, und alle rannten zum Landungssteg.

Ich zog müde mein Boot auf den Strand, entkorkte die Kognakflasche meiner transportablen Apotheke und nahm einen tiefen Schluck. Wäre ich ein Dichter, würde ich sagen: Ein Traum brach mir entzwei, obwohl Träume ja nicht brechen können.

Ich wartete ab, bis sich das Postboot entfernt hatte, schulterte mein Gepäck und ging auf ein Gebäude zu, das die schlichte Aufschrift »Bar« trug. Ein bärtiger Rujuk hockte dort auf einem Stuhl und las eine Postkarte. Ich sank erschöpft auf eine hölzerne Bank und sagte leise: »Doidoi kruw mali.« (Der Wind hat meine Kehle ausgedörrt.) Der Alte legte die Karte beiseite, sah mich erstaunt an und sagte in einem Gemisch aus Rujuk und Film-Englisch: »Komm her, mein Junge, sprich deutlich. Willste Bier oder Whisky?«

»Whisky«, sagte ich matt.

Er stand auf, schob mir die Postkarte zu und sagte: »Da lies, was mein Enkel mir schreibt.«

Die Karte trug den Poststempel Hollywood, und auf der Rückseite stand ein einziger Satz: Zeuger meines Erzeugers, komm übers große Wasser, hier rollen die Dollars.

Ich blieb bis zur Ankunft des nächsten Postbootes auf der Insel, saß abends in der Bar und vertrank meine Travellerschecks. Kein einziger dort sprach mehr reines Rujuk, nur wurde oft der Name einer Frau erwähnt, die ich zuerst für eine mythische Figur hielt, deren Ursprung mir aber inzwischen klar geworden ist: Zarah Leander.

Ich mußte gestehen, daß auch ich die Rujuk-Forschung aufgab. Zwar flog ich zu Wodruff zurück und ließ mich mit ihm noch auf einen Streit ein über die Anwendung der Vokabel »buhal«, denn ich blieb dabei, daß es Wasser bedeute, Wodruff aber versteifte sich darauf, es bedeute Liebe.

Doch längst schon sind mir diese Probleme nicht mehr so wichtig. Ich habe mein Landhaus vermietet, züchte Obst und spiele immer noch mit dem Gedanken, mein medizinisches Studium durchs Staatsexamen zu krönen, aber ich bin nun fünfundvierzig geworden, und was ich einst mit wissenschaftlichem Ernst betrieb, betreibe ich nun als Liebhaberei, worüber Wodruff besonders empört ist. Während der Arbeit an meinen Obstbäumen singe ich Rujuk-Lieder vor mich hin, besonders das eine liebe ich:

> Woi suhal buwacha
> bruwal nui loha
> graga bahu, graga wiuwa
> moha deiwa buwacha.
> (Warum treibt es dich in die Ferne, mein Sohn,
> haben dich alle guten Geister verlassen?
> Keine Fische gibt es dort, keine Gnade,
> und deine Mutter weint um ihren Sohn.)

Auch zum Fluchen eignet sich die Rujuk-Sprache. Wenn die Großhändler mich betrügen wollen, sage ich leise vor mich hin: »Graga weita« (keinen Segen soll es dir bringen), oder: »Pichal gromchit« (die Gräte soll dir im Halse stecken-bleiben), einen der schlimmsten Flüche der Rujuks.

Aber wer auf dieser Erde versteht schon Rujuk, außer Wodruff, dem ich hin und wieder eine Kiste Äpfel schicke und eine Postkarte mit den Worten: »Wahu bahui« (Ver-ehrter Meister, du irrst), worauf er mir zu antworten pflegt, ebenfalls auf einer Postkarte: »Hugai« (Abtrünniger), und ich zünde mir meine Pfeife an und blicke auf den Rhein hin-unter, der schon so lange da unten vorüberfließt.

Herzlose Menschen begreifen nicht, daß ich so viel Sorgfalt und Demut auf eine Beschäftigung verwende, die sie meiner für unwürdig halten. Meine Beschäftigung mag nicht meinem Bildungsgrad entsprechen, auch war sie nicht der Gegenstand irgendeines der zahlreichen Lieder, die an meiner Wiege gesungen wurden, aber sie macht mir Spaß und ernährt mich: Ich sage den Leuten, wo sie sind. Zeitgenossen, die abends auf dem Heimatbahnhof in Züge steigen, die sie in ferne Gegenden tragen, die nachts dann auf unserem Bahnhof erwachen, verwirrt ins Dunkel blicken, nicht wissend, ob sie übers Ziel hinausgefahren oder noch vor dem Ziel sind, möglicherweise gar am Ziel (denn unsere Stadt birgt Sehenswürdigkeiten mannigfacher Art und lockt viele Reisende an), allen diesen sage ich, wo sie sind. Ich schalte den Lautsprecher ein, sobald ein Zug eingelaufen ist, und die Räder der Lokomotive stillstehen, und ich spreche es zögernd in die Nacht hinein: »Hier ist Tibten – Sie sind in Tibten! Reisende, die das Grab des Tiburtius besuchen wollen, müssen hier aussteigen!«, und von den Bahnsteigen her kommt das Echo bis in meine Kabine zurück: Dunkle Stimme aus dem Dunkeln, die etwas Zweifelhaftes zu verkünden scheint, obwohl sie die nackte Wahrheit spricht.

Manche stürzen dann hastig mit Koffern auf den schwach erleuchteten Bahnsteig, denn Tibten war ihr Ziel, und ich sehe sie die Treppe hinuntersteigen, auf Bahnsteig 1 wieder auftauchen und dem schläfrigen Beamten an der Sperre ihre Fahrkarten übergeben. Nur selten kommen nachts Leute mit geschäftlichen Ambitionen, Reisende, die bei den Tibtenschen Bleigruben den Bedarf ihrer Firmen zu decken gedenken. Meist sind es Touristen, die das Grab des Tiburtius anlockt, eines römischen Jünglings, der vor 1800 Jahren einer tibtenschen Schönheit wegen Selbstmord beging. »Er war noch ein Knabe«, steht auf seinem Grabstein, den man in unserem Heimatmuseum bewundern kann, »doch die Liebe überwältigte ihn!« – Er kam aus Rom hierher, um Blei für seinen Vater zu kaufen, der Heereslieferant war.

Gewiß hätte ich nicht fünf Universitäten frequentieren und zwei Doktorgrade erwerben müssen, um Nacht für Nacht ins Dunkel hinein zu sagen: »Hier ist Tibten! Sie sind in Tibten!« Und doch erfüllt mich meine Tätigkeit mit Befriedigung. Ich sage meinen Spruch leise, so, daß die Schlafenden nicht erwachen, die Wachen ihn aber nicht überhören, und ich lege gerade so viel Beschwörung in meine Stimme, daß die Dösenden sich besinnen und überlegen, ob Tibten nicht ihr Ziel war.

Spät am Vormittag dann, wenn ich vom Schlaf erwache und aus dem Fenster schaue, sehe ich jene Reisenden, die nachts der Lockung meiner Stimme erlagen, durch unser Städtchen ziehen, mit jenen Prospekten bewaffnet, die unser Verkehrsbüro großzügig in die ganze Welt verschickt. Beim Frühstück haben sie schon gelesen, daß Tibten aus dem lateinischen Tiburtinum im Lauf der Jahrhunderte in seine gegenwärtige Form verschlissen wurde, und sie ziehen nun zum Heimatmuseum, wo sie den Grabstein bewundern, den man dem römischen Werther vor 1800 Jahren setzte: Aus rötlichem Sandstein ist das Profil eines Knaben gemeißelt, der vergebens die Hände nach einem Mädchen ausstreckt. »Er war noch ein Knabe, doch die Liebe überwältigte ihn . . .« Auf sein jugendliches Alter weisen auch die Gegenstände hin, die man in seinem Grab fand: Figürchen aus elfenbeinfarbigem Stoff; zwei Elefanten, ein Pferd und eine Dogge, die – wie Brusler in seiner ›Theorie über das Grab des Tiburtius‹ behauptet – einer Art von Schachspiel gedient haben sollen. Doch bezweifle ich diese Theorie, ich bin sicher, daß Tiburtius mit diesen Dingen einfach so gespielt hat. Die kleinen Dinger aus Elfenbein sehen genauso aus wie die, die wir beim Einkauf eines halben Pfundes Margarine als Zugabe bekommen, und sie erfüllten denselben Zweck: Kinder spielten mit ihnen ... Vielleicht wäre ich hier verpflichtet, auf das ausgezeichnete Werk unseres Heimatschriftstellers Volker von Volkersen hinzuweisen, der unter dem Titel ›Tiburtius, ein römisches Schicksal, das sich in unserer Stadt vollendete‹ einen ausgezeichneten Roman schrieb. Doch halte ich Volkersens Werk für irreführend, weil auch er Bruslers Theorie über den Zweck des Spielzeugs anhängt.

Ich selbst – hier muß ich endlich ein Geständnis ablegen – bin im Besitz der originalen Figürchen, die in Tiburtius' Grab lagen; ich habe sie im Museum gestohlen, sie durch jene ersetzt, die ich beim Einkauf von einem halben Pfund Margarine als Zugabe bekomme: Zwei Elefanten, ein Pferd und eine Dogge; sie sind weiß wie Tiburtius' Tiere, sie haben dieselbe Größe, dieselbe Schwere, und – was mir als das Wichtigste erscheint – sie erfüllen denselben Zweck.

So kommen Reisende aus der ganzen Welt, um das Grab des Tiburtius und sein Spielzeug zu bewundern. Plakate mit dem Text »Come to Tibten« hängen in den Wartesälen der angelsächsischen Welt, und wenn ich nachts meinen Spruch spreche: »Hier ist Tibten! Sie sind in Tibten! Reisende, die das Grab des Tiburtius besuchen wollen, müssen hier aussteigen ...«, dann locke ich jene Zeitgenossen aus den Zügen, die in heimatlichen Bahnhöfen der Verführung unseres Plakates erlagen. Gewiß, sie sehen die Sandsteinplatte, deren historische Echtheit nicht zu bezweifeln ist. Sie sehen das rührende Profil eines römischen Jünglings, der von der Liebe überwältigt wurde und sich in einem abgesoffenen Schacht der Bleigruben ertränkte. Und dann gleiten die Augen der Reisenden über die Tierchen: Zwei Elefanten, ein Pferd und eine Dogge – und gerade an diesen könnten sie die Weisheit dieser Welt studieren, aber sie tun's nicht. Gerührte In- und Ausländerinnen häufen Rosen auf das Grab dieses Knaben. Gedichte werden geschrieben; auch meine Tiere, das Pferd und die Dogge (zwei Pfund Margarine mußte ich verbrauchen, um in ihren Besitz zu gelangen!), sind schon Gegenstand lyrischer Versuche geworden. »Spieltest wie wir spie-

73

len mit Dogge und Pferd . . . « lautet der Vers aus dem Gedicht eines nicht unbekannten Lyrikers. Da liegen sie also: Gratis-zugaben der Firma ›Klüßhenners Eigelb-Margarine‹, auf rotem Samt unter dickem Glas in unserem Heimatmuseum: Zeugen meines Margarineverbrauchs. Oft, bevor ich nach-mittags zur Schicht gehe, besuche ich eine Minute das Hei-matmuseum und betrachte sie: Sie sehen echt aus, gelblich angefärbt und sind nicht im geringsten von denen zu unter-scheiden, die in meiner Schublade liegen, denn ich habe die Originale zu jenen geworfen, die ich beim Einkauf von ›Klüßhenners Margarine‹ hinzubekomme, und versuche ver-gebens, sie wieder herauszufinden.

Nachdenklich gehe ich dann zum Dienst, hänge meine Mütze an den Haken, ziehe den Rock aus, lege meine Brote in die Schublade, lege mir Zigarettenpapier, Tabak, die Zei-tung zurecht und sage, wenn ein Zug einläuft, den Spruch, den zu sprechen ich verpflichtet bin »Hier ist Tibten! Sie sind in Tibten! Reisende, die das Grab des Tiburtius besuchen wollen, müssen hier aussteigen . . . « Leise sage ich es, so, daß die Schlafenden nicht erwachen, die Wachen mich nicht über-hören, und ich lege gerade so viel Beschwörung in meine Stimme, daß die Dösenden sich besinnen und überlegen, ob Tibten nicht ihr Ziel war.

Und ich begreife nicht, daß man diese Beschäftigung mei-ner für unwürdig hält . . .

Ich habe nichts gegen Tiere, im Gegenteil: ich mag sie, und ich liebe es, abends das Fell unseres Hundes zu kraulen, während die Katze auf meinem Schoß sitzt. Es macht mir Spaß, den Kindern zuzusehen, die in der Wohnzimmerecke die Schildkröte füttern. Sogar das kleine Nilpferd, das wir in unserer Badewanne halten, ist mir ans Herz gewachsen, und die Kaninchen, die in unserer Wohnung frei herumlaufen, regen mich schon lange nicht mehr auf. Außerdem bin ich gewohnt, abends unerwarteten Besuch vorzufinden: ein piepsendes Küken oder einen herrenlosen Hund, dem meine Frau Unterkunft gewährt hat. Denn meine Frau ist eine gute Frau, sie weist niemanden von der Tür, weder Mensch noch Tier, und schon lange ist dem Abendgebet unserer Kinder die Floskel angehängt: Herr, schicke uns Bettler und Tiere.

Schlimmer ist schon, daß meine Frau auch Vertretern und Hausierern gegenüber keinen Widerstand kennt, und so häufen sich bei uns Dinge, die ich für überflüssig halte: Seife, Rasierklingen, Bürsten und Stopfwolle, und in Schubladen liegen Dokumente herum, die mich beunruhigen: Versicherungs- und Kaufverträge verschiedener Art. Meine Söhne sind in einer Ausbildungs-, meine Töchter in einer Aussteuerversicherung, doch können wir sie bis zur Hochzeit oder bis zur Ablegung des zweiten Staatsexamens weder mit Stopfwolle noch mit Seife füttern, und selbst Rasierklingen sind nur in Ausnahmefällen dem menschlichen Organismus zuträglich.

So wird man begreifen, daß ich hin und wieder Anfälle leichter Ungeduld zeige, obwohl ich im allgemeinen als ruhiger Mensch bekannt bin. Oft ertappe ich mich dabei, daß ich neidisch die Kaninchen betrachte, die es sich unter dem Tisch gemütlich machen und seelenruhig an Mohrrüben herumknabbern, und der stupide Blick des Nilpferds, das in unserer Badewanne die Schlammbildung beschleunigt, veranlaßt mich, ihm manchmal die Zunge herauszustrecken. Auch die Schildkröte, die stoisch an Salatblättern herumfrißt, ahnt nicht im geringsten, welche Sorgen mein Herz bewegen: die Sehnsucht nach einem frisch duftenden Kaffee, nach Tabak, Brot und Eiern und der wohligen Wärme, die der Schnaps in den Kehlen sorgenbeladener Menschen hervorruft. Mein einziger Trost ist dann Bello, unser Hund, der vor Hunger gähnt wie ich. Kommen dann noch unerwartete Gäste: Zeitgenossen, die unrasiert sind wie ich, oder Mütter mit Babies, die mit heißer Milch getränkt, mit aufgeweichtem Zwieback gespeist werden, so muß ich an mich halten, um meine Ruhe zu bewahren. Aber ich bewahre sie, weil sie fast mein einziger Besitz geblieben ist.

Es kommen Tage, wo der bloße Anblick frischgekochter, gelber Kartoffeln mir das Wasser in den Mund treibt; denn schon lange – dies gebe ich nur zögernd und mit heftigem Erröten zu –, schon lange verdient unsere Küche die Bezeichnung bürgerlich nicht mehr. Von Tieren und von menschlichen Gästen umgeben, nehmen wir nur hin und wieder, stehend, eine improvisierte Mahlzeit ein.

Zum Glück ist meiner Frau nun für längere Zeit der Ankauf von unnützen Dingen unmöglich gemacht, denn wir besitzen kein Bargeld mehr, meine Gehälter sind auf unbestimmte Zeit gepfändet, und ich selbst bin gezwungen, in einer Verkleidung, die mich unkenntlich macht, in fernen Vororten Rasierklingen, Seife und Knöpfe in den Abendstunden weit unter Preis zu verkaufen; denn unsere Lage ist bedenklich geworden. Immerhin besitzen wir einige Zentner Seife, Tausende von Rasierklingen, Knöpfe jeglichen Sortiments, und ich taumele gegen Mitternacht heim, suche Geld aus meinen Taschen zusammen: meine Kinder, meine Tiere, meine Frau umstehen mich mit glänzenden Augen, denn ich habe meistens unterwegs eingekauft: Brot, Äpfel, Fett, Kaffee und Kartoffeln, eine Speise übrigens, nach der Kinder wie Tiere heftig verlangen, und zu nächtlicher Stunde vereinigen wir uns in einem fröhlichen Mahl: zufriedene Tiere, zufriedene Kinder umgeben mich, meine Frau lächelt mir zu, und wir lassen die Tür unseres Wohnzimmers dann offenstehen, damit das Nilpferd sich nicht ausgeschlossen fühlt, und sein fröhliches Grunzen tönt aus dem Badezimmer zu uns herüber. Meistens gesteht mir dann meine Frau, daß sie in der Vorratskammer noch einen zusätzlichen Gast versteckt hält, den man mir erst zeigt, wenn meine Nerven durch eine Mahlzeit gestärkt sind: schüchterne, unrasierte Männer nehmen dann händereibend am Tisch Platz, Frauen drücken sich zwischen unsere Kinder auf die Sitzbank, Milch wird für schreiende Babies erhitzt. Auf diese Weise lerne ich dann auch Tiere kennen, die mir ungeläufig waren: Möwen, Füchse und Schweine, nur einmal war es ein kleines Dromedar.

»Ist es nicht süß?« fragte meine Frau, und ich sagte notgedrungen, ja, es sei süß, und beobachtete beunruhigt das unermüdliche Mampfen dieses pantoffelfarbenen Tieres, das uns aus schiefergrauen Augen anblickte. Zum Glück blieb das Dromedar nur eine Woche, und meine Geschäfte gingen gut: die Qualität meiner Ware, meine herabgesetzten Preise hatten sich rundgesprochen, und ich konnte hin und wieder sogar Schnürsenkel verkaufen und Bürsten, Artikel, die sonst nicht sehr gefragt sind. So erlebten wir eine gewisse Scheinblüte, und meine Frau – in völliger Verkennung der ökonomischen Fakten – brachte einen Spruch auf, der mich beunruhigte: »Wir sind auf dem aufsteigenden Ast.« Ich jedoch sah unsere Seifenvorräte schwinden, die Rasierklingen abnehmen, und nicht einmal der Vorrat an Bürsten und Stopfwolle war mehr erheblich.

Gerade zu diesem Zeitpunkt, wo eine seelische Stärkung mir wohlgetan hätte, machte sich eines Abends, während wir friedlich beisammensaßen, eine Erschütterung unseres Hauses bemerkbar, die der eines mittleren Erdbebens glich: die Bilder wackelten, der Tisch bebte und ein Kranz gebratener Blutwurst rollte von meinem Teller. Ich wollte aufspringen, mich nach der Ursache umsehen, als ich unterdrücktes Lachen auf den Mienen meiner Kinder bemerkte. »Was geht hier vor sich?« schrie ich, und zum erstenmal in meinem abwechslungsreichen Leben war ich wirklich außer Fassung.

»Walter«, sagte meine Frau leise und legte die Gabel hin, »es ist ja nur Wollo.« Sie begann zu weinen, und gegen ihre Tränen bin ich machtlos; denn sie hat mir sieben Kinder geschenkt.

»Wer ist Wollo?« fragte ich müde, und in diesem Augenblick wurde das Haus wieder durch ein Beben erschüttert. »Wollo«, sagte meine jüngste Tochter, »ist der Elefant, den wir jetzt im Keller haben.«

Ich muß gestehen, daß ich verwirrt war, und man wird meine Verwirrung verstehen. Das größte Tier, das wir beherbergt hatten, war das Dromedar gewesen, und ich fand einen Elefanten zu groß für unsere Wohnung, denn wir sind der Segnungen des sozialen Wohnungsbaues noch nicht teilhaftig geworden.

Meine Frau und meine Kinder, nicht im geringsten so verwirrt wie ich, gaben Auskunft: von einem bankerotten Zirkusunternehmer war das Tier bei uns sichergestellt worden. Die Rutsche hinunter, auf der wir sonst unsere Kohlen befördern, war es mühelos in den Keller gelangt. »Er rollte sich zusammen wie eine Kugel«, sagte mein ältester Sohn, »wirklich ein intelligentes Tier.« Ich zweifelte nicht daran, fand mich mit Wollos Anwesenheit ab und wurde unter Triumph in den Keller geleitet. Das Tier war nicht übermäßig groß, wackelte mit den Ohren und schien sich bei uns wohlzufühlen, zumal ein Ballen Heu zu seiner Verfügung stand. »Ist er nicht süß?« fragte meine Frau, aber ich weigerte mich, das zu bejahen. Süß schien mir nicht die passende Vokabel zu sein. Überhaupt war die Familie offenbar enttäuscht über den geringen Grad meiner Begeisterung, und meine Frau sagte, als wir den Keller verließen: »Du bist gemein, willst du denn, daß er unter den Hammer kommt?«

»Was heißt hier Hammer«, sagte ich, »und was heißt gemein, es ist übrigens strafbar, Teile einer Konkursmasse zu verbergen.« »Das ist mir gleich«, sagte meine Frau, »dem Tier darf nichts geschehen.«

Mitten in der Nacht weckte uns der Zirkusbesitzer, ein schüchterner dunkelhaariger Mann, und fragte, ob wir nicht noch Platz für ein Tier hätten. »Es ist meine ganze Habe, mein letzter Besitz. Nur für eine Nacht. Wie geht es übrigens dem Elefanten?«

»Gut«, sagte meine Frau, »nur seine Verdauung macht mir Kummer.«

»Das gibt sich«, sagte der Zirkusbesitzer. »Es ist nur die Umstellung. Die Tiere sind so sensibel. Wie ist es – nehmen Sie die Katze noch – für eine Nacht?« Er sah mich an, und meine Frau stieß mich in die Seite und sagte: »Sei doch nicht so hart.«

»Hart«, sagte ich, »nein, hart will ich nicht sein. Meinetwegen leg die Katze in die Küche.«

»Ich hab' sie draußen im Wagen«, sagte der Mann.

Ich überließ die Unterbringung der Katze meiner Frau und kroch ins Bett zurück. Meine Frau sah ein wenig blaß aus, als sie ins Bett kam, und ich hatte den Eindruck, sie zitterte ein wenig. »Ist dir kalt?« fragte ich.

»Ja«, sagte sie, »mich fröstelt's so komisch.«

»Das ist nur Müdigkeit.«

»Vielleicht ja«, sagte meine Frau, aber sie sah mich dabei so merkwürdig an. Wir schliefen ruhig, nur sah ich im Traum immer den merkwürdigen Blick meiner Frau auf mich gerichtet und unter einem seltsamen Zwang erwachte ich früher als gewöhnlich. Ich beschloß, mich einmal zu rasieren.

Unter unserem Küchentisch lag ein mittelgroßer Löwe; er schlief ganz ruhig, nur sein Schwanz bewegte sich ein wenig, und es verursachte ein Geräusch, wie wenn jemand mit einem sehr leichten Ball spielt.

Ich seifte mich vorsichtig ein und versuchte, kein Geräusch zu machen, aber als ich mein Gesicht nach rechts drehte, um meine linke Wange zu rasieren, sah ich, daß der Löwe die Augen offenhielt und mir zublickte. »Sie sehen tatsächlich wie Katzen aus«, dachte ich. Was der Löwe dachte, ist mir unbekannt; er beobachtete mich weiter, und ich rasierte mich, ohne mich zu schneiden, muß aber hinzufügen, daß es ein merkwürdiges Gefühl ist, sich in Gegenwart eines Löwen zu rasieren. Meine Erfahrungen im Umgang mit Raubtieren waren minimal, und ich beschränkte mich darauf, den Löwen scharf anzublicken, trocknete mich ab und ging ins Schlafzimmer zurück. Meine Frau war schon wach, sie wollte gerade etwas sagen, aber ich schnitt ihr das Wort ab und rief: »Wozu da noch sprechen!« Meine Frau fing an zu weinen, und ich legte meine Hand auf ihren Kopf und sagte: »Es ist immerhin ungewöhnlich, das wirst du zugeben.«

»Was ist nicht ungewöhnlich?« sagte meine Frau, und darauf wußte ich keine Antwort.

Inzwischen waren die Kaninchen erwacht, die Kinder lärmten im Badezimmer, das Nilpferd – es hieß Gottlieb – trompetete schon, Bello räkelte sich, nur die Schildkröte schlief noch – sie schläft übrigens fast immer.

Ich ließ die Kaninchen in die Küche, wo ihre Futterkiste unter dem Schrank steht: die Kaninchen beschnupperten den Löwen, der Löwe die Kaninchen, und meine Kinder – unbefangen und den Umgang mit Tieren gewöhnt, wie sie sind – waren längst auch in die Küche gekommen. Mir schien fast, als lächle der Löwe; mein drittjüngster Sohn hatte sofort einen Namen für ihn: Bombilus. Dabei blieb es.

Einige Tage später wurden Elefant und Löwe abgeholt. Ich muß gestehen, daß ich den Elefanten ohne Bedauern schwinden sah; ich fand ihn albern, während der ruhige, freundliche Ernst des Löwen mein Herz gewonnen hatte, so daß Bombilus' Weggang mich schmerzte. Ich hatte mich so an ihn gewöhnt; er war eigentlich das erste Tier, das meine volle Sympathie genoß.

Es wird etwas geschehen

Eine handlungsstarke Geschichte

Zu den merkwürdigsten Abschnitten meines Lebens gehört wohl der, den ich als Angestellter in Alfred Wunsiedels Fabrik zubrachte. Von Natur bin ich mehr dem Nachdenken und dem Nichtstun zugeneigt als der Arbeit, doch hin und wieder zwingen mich anhaltende finanzielle Schwierigkeiten – denn Nachdenken bringt sowenig ein wie Nichtstun –, eine sogenannte Stelle anzunehmen. Wieder einmal auf einem solchen Tiefpunkt angekommen, vertraute ich mich der Arbeitsvermittlung an und wurde mit sieben anderen Leidensgenossen in Wunsiedels Fabrik geschickt, wo wir einer Eignungsprüfung unterzogen werden sollten.

Schon der Anblick der Fabrik machte mich mißtrauisch: die Fabrik war ganz aus Glasziegeln gebaut, und meine Abneigung gegen helle Gebäude und helle Räume ist so stark wie meine Abneigung gegen die Arbeit. Noch mißtrauischer wurde ich, als uns in der hellen, fröhlich ausgemalten Kantine gleich ein Frühstück serviert wurde: hübsche Kellnerinnen brachten uns Eier, Kaffee und Toaste, in geschmackvollen Karaffen stand Orangensaft; Goldfische drückten ihre blasierten Gesichter gegen die Wände hellgrüner Aquarien. Die Kellnerinnen waren so fröhlich, daß sie vor Fröhlichkeit fast zu platzen schienen. Nur starke Willensanstrengung – so schien mir – hielt sie davon zurück, dauernd zu trällern. Sie waren mit ungesungenen Liedern so angefüllt wie Hühner mit ungelegten Eiern.

Ich ahnte gleich, was meine Leidensgenossen nicht zu ahnen schienen: daß auch dieses Frühstück zur Prüfung gehöre; und so kaute ich hingebungsvoll, mit dem vollen Bewußtsein eines Menschen, der genau weiß, daß er seinem Körper wertvolle Stoffe zuführt. Ich tat etwas, wozu mich normalerweise keine Macht dieser Welt bringen würde: ich trank auf den nüchternen Magen Orangensaft, ließ den Kaffee und ein Ei stehen, den größten Teil des Toasts liegen, stand auf und marschierte handlungsschwanger in der Kantine auf und ab.

So wurde ich als erster in den Prüfungsraum geführt, wo auf reizenden Tischen die Fragebogen bereitlagen. Die Wände waren in einem Grün getönt, das Einrichtungsfanatikern das Wort »entzückend« auf die Lippen gezaubert hätte. Niemand war zu sehen, und doch war ich so sicher, beobachtet zu werden, daß ich mich benahm, wie ein Handlungsschwangerer sich benimmt, wenn er sich unbeobachtet glaubt: ungeduldig riß ich meinen Füllfederhalter aus der Tasche, schraubte ihn auf, setzte mich an den nächstbesten Tisch und zog den Fragebogen an mich heran, wie Choleriker Wirtshausrechnungen zu sich hinziehen.

Erste Frage: Halten Sie es für richtig, daß der Mensch nur zwei Arme, zwei Beine, Augen und Ohren hat?

Hier erntete ich zum ersten Male die Früchte meiner Nachdenklichkeit und schrieb ohne Zögern hin: »Selbst vier Arme, Beine, Ohren würden meinem Tatendrang nicht genügen. Die Ausstattung des Menschen ist kümmerlich.«

Zweite Frage: Wieviel Telefone können Sie gleichzeitig bedienen?

Auch hier war die Antwort so leicht wie die Lösung einer Gleichung ersten Grades. »Wenn es nur sieben Telefone sind«, schrieb ich, »werde ich ungeduldig, erst bei neun fühle ich mich vollkommen ausgelastet.«

Dritte Frage: Was machen Sie nach Feierabend?

Meine Antwort: »Ich kenne das Wort Feierabend nicht mehr – an meinem fünfzehnten Geburtstag strich ich es aus meinem Vokabular, denn am Anfang war die Tat.«

Ich bekam die Stelle. Tatsächlich fühlte ich mich sogar mit den neun Telefonen nicht ganz ausgelastet. Ich rief in die Muscheln der Hörer: »Handeln Sie sofort!« oder: »Tun Sie etwas! – Es muß etwas geschehen – Es wird etwas geschehen – Es ist etwas geschehen – Es sollte etwas geschehen.« Doch meistens – denn das schien mir der Atmosphäre gemäß – bediente ich mich des Imperativs.

Interessant waren die Mittagspausen, wo wir in der Kantine, von lautloser Fröhlichkeit umgeben, vitaminreiche Speisen aßen. Es wimmelte in Wunsiedels Fabrik von Leuten, die verrückt darauf waren, ihren Lebenslauf zu erzählen, wie eben handlungsstarke Persönlichkeiten es gern tun. Ihr Lebenslauf ist ihnen wichtiger als ihr Leben, man braucht nur auf einen Knopf zu drücken, und schon erbrechen sie ihn in Ehren.

Wunsiedels Stellvertreter war ein Mann mit Namen Broschek, der seinerseits einen gewissen Ruhm erworben hatte, weil er als Student sieben Kinder und eine gelähmte Frau durch Nachtarbeit ernährt, zugleich vier Handelsvertretungen erfolgreich ausgeübt und dennoch innerhalb von zwei Jahren zwei Staatsprüfungen mit Auszeichnung bestanden hatte. Als ihn Reporter gefragt hatten: »Wann schlafen Sie denn, Broschek?«, hatte er geantwortet: »Schlafen ist Sünde!«

Wunsiedels Sekretärin hatte einen gelähmten Mann und vier Kinder durch Stricken ernährt, hatte gleichzeitig in Psychologie und Heimatkunde promoviert, Schäferhunde gezüchtet und war als Barsängerin unter dem Namen ›Vamp 7‹ berühmt geworden.

Wunsiedel selbst war einer von den Leuten, die morgens, kaum erwacht, schon entschlossen sind, zu handeln. »Ich muß handeln«, denken sie, während sie energisch den Gürtel des Bademantels zuschnüren. »Ich muß handeln«, denken sie, während sie sich rasieren, und sie blicken triumphierend auf die Barthaare, die sie mit dem Seifenschaum von ihrem Rasierapparat abspülen: Diese Reste der Behaarung sind die ersten Opfer ihres Tatendranges. Auch die intimeren Verrichtungen lösen Befriedigung bei diesen Leuten aus: Wasser rauscht, Papier wird verbraucht. Es ist etwas geschehen. Brot wird gegessen, dem Ei wird der Kopf abgeschlagen.

Die belangloseste Tätigkeit sah bei Wunsiedel wie eine Handlung aus: wie er den Hut aufsetzte, wie er – bebend vor Energie – den Mantel zuknöpfte, der Kuß, den er seiner Frau gab, alles war Tat.

Wenn er sein Büro betrat, rief er seiner Sekretärin als Gruß zu: »Es muß etwas geschehen!« Und diese rief frohen Mutes: »Es wird etwas geschehen!« Wunsiedel ging dann von Abteilung zu Abteilung, rief sein fröhliches: »Es muß etwas geschehen!« Alle antworteten: »Es wird etwas geschehen!« Und auch ich rief ihm, wenn er mein Zimmer betrat, strahlend zu: »Es wird etwas geschehen!«

Innerhalb der ersten Woche steigerte ich die Zahl der bedienten Telefone auf elf, innerhalb der zweiten Woche auf dreizehn, und es machte mir Spaß, morgens in der Straßenbahn neue Imperative zu erfinden oder das Verbum *geschehen* durch die verschiedenen Tempora, durch die verschiedenen Genera, durch Konjunktiv und Indikativ zu hetzen; zwei Tage lang sagte ich nur den einen Satz, weil ich ihn so schön fand: »Es hätte etwas geschehen müssen«, zwei weitere Tage lang einen anderen: »Das hätte nicht geschehen dürfen.«

So fing ich an, mich tatsächlich ausgelastet zu fühlen, als wirklich etwas geschah. An einem Dienstagmorgen – ich hatte mich noch gar nicht richtig zurechtgesetzt – stürzte Wunsiedel in mein Zimmer und rief sein »Es muß etwas geschehen!« Doch etwas Unerklärliches auf seinem Gesicht ließ mich zögern, fröhlich und munter, wie es vorgeschrieben war, zu antworten: »Es wird etwas geschehen!« Ich zögerte wohl zu lange, denn Wunsiedel, der sonst selten schrie, brüllte mich an: »Antworten Sie! Antworten Sie, wie es vorgeschrieben ist!« Und ich antwortete leise und widerstrebend wie ein Kind, das man zu sagen zwingt: ich bin ein böses Kind. Nur mit großer Anstrengung brachte ich den Satz heraus: »Es wird etwas geschehen«, und kaum hatte ich ihn ausgesprochen, da geschah tatsächlich etwas: Wunsiedel stürzte zu Boden, rollte im Stürzen auf die Seite und lag quer vor der offenen Tür. Ich wußte gleich, was sich mir bestätigte, als ich langsam um meinen Tisch herum auf den Liegenden zuging: daß er tot war.

Kopfschüttelnd stieg ich über Wunsiedel hinweg, ging langsam durch den Flur zu Broscheks Zimmer und trat dort ohne anzuklopfen ein. Broschek saß an seinem Schreibtisch, hatte in jeder Hand einen Telefonhörer, im Mund einen Kugelschreiber, mit dem er Notizen auf einen Block schrieb, während er mit den bloßen Füßen eine Strickmaschine bediente, die unter dem Schreibtisch stand. Auf diese Weise trägt er dazu bei, die Bekleidung seiner Familie zu vervollständigen.

»Es ist etwas geschehen«, sagte ich leise.

Broschek spuckte den Kugelstift aus, legte die beiden Hörer hin, löste zögernd seine Zehen von der Strickmaschine.

»Was ist denn geschehen?« fragte er.

»Herr Wunsiedel ist tot«, sagte ich.

»Nein«, sagte Broschek.

»Doch«, sagte ich, »kommen Sie!«

»Nein«, sagte Broschek, »das ist unmöglich«, aber er schlüpfte in seine Pantoffeln und folgte mir über den Flur.

»Nein«, sagte er, als wir an Wunsiedels Leiche standen, »nein, nein!« Ich widersprach ihm nicht. Vorsichtig drehte ich Wunsiedel auf den Rücken, drückte ihm die Augen zu und betrachtete ihn nachdenklich.

Ich empfand fast Zärtlichkeit für ihn, und zum ersten Male wurde mir klar, daß ich ihn nie gehaßt hatte. Auf seinem Gesicht war etwas, wie es auf den Gesichtern der Kinder ist, die sich hartnäckig weigern, ihren Glauben an den Weihnachtsmann aufzugeben, obwohl die Argumente der Spielkameraden so überzeugend klingen.

»Nein«, sagte Broschek, »nein.«

»Es muß etwas geschehen«, sagte ich leise zu Broschek.

»Ja«, sagte Broschek, »es muß etwas geschehen.«

Es geschah etwas: Wunsiedel wurde beerdigt, und ich wurde ausersehen, einen Kranz künstlicher Rosen hinter seinem Sarg herzutragen, denn ich bin nicht nur mit einem Hang zur Nachdenklichkeit und zum Nichtstun ausgestattet, sondern auch mit einer Gestalt und einem Gesicht, die sich vorzüglich für schwarze Anzüge eignen. Offenbar habe ich – mit dem Kranz künstlicher Rosen in der Hand hinter Wunsiedels Sarg hergehend – großartig ausgesehen. Ich erhielt das Angebot eines eleganten Beerdigungsinstitutes, dort als berufsmäßiger Trauernder einzutreten. »Sie sind der geborene Trauernde«, sagte der Leiter des Instituts, »die Garderobe bekommen Sie gestellt. Ihr Gesicht – einfach großartig!«

Ich kündigte Broschek mit der Begründung, daß ich mich dort nicht richtig ausgelastet fühle, daß Teile meiner Fähigkeiten trotz der dreizehn Telefone brachlägen. Gleich nach meinem ersten berufsmäßigen Trauergang wußte ich: Hierhin gehörst du, das ist der Platz, der für dich bestimmt ist.

Nachdenklich stehe ich hinter dem Sarg in der Trauerkapelle, mit einem schlichten Blumenstrauß in der Hand, während Händels ›Largo‹ gespielt wird, ein Musikstück, das viel zu wenig geachtet ist. Das Friedhofscafé ist mein Stammlokal, dort verbringe ich die Zeit zwischen meinen beruflichen Auftritten, doch manchmal gehe ich auch hinter Särgen her, zu denen ich nicht beordert bin, kaufe aus meiner Tasche einen Blumenstrauß und geselle mich zu dem Wohlfahrtsbeamten, der hinter dem Sarg eines Heimatlosen hergeht. Hin und wieder auch besuche ich Wunsiedels Grab, denn schließlich verdanke ich es ihm, daß ich meinen eigentlichen Beruf entdeckte, einen Beruf, bei dem Nachdenklichkeit geradezu erwünscht und Nichtstun meine Pflicht ist.

Spät erst fiel mir ein, daß ich mich nie für den Artikel interessiert habe, der in Wunsiedels Fabrik hergestellt wurde. Es wird wohl Seife gewesen sein.

Jeden Morgen, wenn er das Funkhaus betreten hatte, unterzog sich Murke einer existentiellen Turnübung: er sprang in den Paternosteraufzug, stieg aber nicht im zweiten Stockwerk, wo sein Büro lag, aus, sondern ließ sich höher tragen, am dritten, am vierten, am fünften Stockwerk vorbei, und jedesmal befiel ihn Angst, wenn die Plattform der Aufzugskabine sich über den Flur des fünften Stockwerks hinweg erhob, die Kabine sich knirschend in den Leerraum schob, wo geölte Ketten, mit Fett beschmierte Stangen, ächzendes Eisenwerk die Kabine aus der Aufwärts- in die Abwärtsrichtung schoben, und Murke starrte voller Angst auf diese einzige unverputzte Stelle des Funkhauses, atmete auf, wenn die Kabine sich zurechtgerückt, die Schleuse passiert und sich wieder eingereiht hatte und langsam nach unten sank, am fünften, am vierten, am dritten Stockwerk vorbei; Murke wußte, daß seine Angst unbegründet war: selbstverständlich würde nie etwas passieren, es konnte gar nichts passieren, und wenn etwas passierte, würde er im schlimmsten Falle gerade oben sein, wenn der Aufzug zum Stillstand kam, und würde eine Stunde, höchstens zwei dort oben eingesperrt sein. Er hatte immer ein Buch in der Tasche, immer Zigaretten mit; doch seit das Funkhaus stand, seit drei Jahren, hatte der Aufzug noch nicht einmal versagt. Es kamen Tage, an denen er nachgesehen wurde, Tage, an denen Murke auf diese viereinhalb Sekunden Angst verzichten mußte, und er war an diesen Tagen gereizt und unzufrieden, wie Leute, die kein Frühstück gehabt haben. Er brauchte diese Angst, wie andere ihren Kaffee, ihren Haferbrei oder ihren Fruchtsaft brauchen.

Wenn er dann im zweiten Stock, wo die Abteilung Kulturwort untergebracht war, vom Aufzug absprang, war er heiter und gelassen, wie eben jemand heiter und gelassen ist, der seine Arbeit liebt und versteht. Er schloß die Tür zu seinem Büro auf, ging langsam zu seinem Sessel, setzte sich und steckte eine Zigarette an: er war immer der erste im Dienst. Er war jung, intelligent und liebenswürdig, und selbst seine Arroganz, die manchmal kurz aufblitzte, selbst diese verzieh man ihm, weil man wußte, daß er Psychologie studiert und mit Auszeichnung promoviert hatte.

Nun hatte Murke seit zwei Tagen aus einem besonderen Grund auf sein Angstfrühstück verzichtet: er hatte schon um acht ins Funkhaus kommen, gleich in ein Studio rennen und mit der Arbeit beginnen müssen, weil er vom Intendanten den Auftrag erhalten hatte, die beiden Vorträge über das Wesen der Kunst, die der große Bur-Malottke auf Band gesprochen hatte, den Anweisungen Bur-Malottkes gemäß zu schneiden. Bur-Malottke, der in der religiösen Begeisterung des Jahres 1945 konvertiert hatte, hatte plötzlich »über Nacht«, so sagte er, »religiöse Bedenken bekommen«, hatte sich »plötzlich angeklagt gefühlt, an der religiösen Überlagerung des Rundfunks mitschuldig zu sein«, und war zu dem Entschluß gekommen, Gott, den er in seinen beiden halbstündigen Vorträgen über das Wesen der Kunst oft zitiert hatte, zu streichen und durch eine Formulierung zu ersetzen, die mehr der Mentalität entsprach, zu der er sich vor 1945 bekannt hatte; Bur-Malottke hatte dem Intendanten vorgeschlagen, das Wort Gott durch die Formulierung »jenes höhere Wesen, das wir verehren« zu ersetzen, hatte sich aber geweigert, die Vorträge neu zu sprechen, sondern darum gebeten, Gott aus den Vorträgen herauszuschneiden und »jenes höhere Wesen, das wir verehren« hineinzukleben. Bur-Malottke war mit dem Intendanten befreundet, aber nicht diese Freundschaft war die Ursache für des Intendanten Entgegenkommen: Bur-Malottke widersprach man einfach nicht. Er hatte zahlreiche Bücher essayistisch-philosophisch-religiös-kulturgeschichtlichen Inhalts geschrieben, er saß in der Redaktion von drei Zeitschriften und zwei Zeitungen, er war

Cheflektor des größten Verlages. Er hatte sich bereit erklärt, am Mittwoch für eine Viertelstunde ins Funkhaus zu kommen und »jenes höhere Wesen, das wir verehren« so oft auf Band zu sprechen, wie Gott in seinen Vorträgen vorkam. Das übrige überließ er der technischen Intelligenz der Funkleute.

Es war für den Intendanten schwierig gewesen, jemanden zu finden, dem er diese Arbeit zumuten konnte; es fiel ihm zwar Murke ein, aber die Plötzlichkeit, mit der ihm Murke einfiel, machte ihn mißtrauisch – er war ein vitaler und gesunder Mann –, und so überlegte er fünf Minuten, dachte an Schwendling, an Humkoke, an Fräulein Broldin, kam aber doch wieder auf Murke. Der Intendant mochte Murke nicht; er hatte ihn zwar sofort engagiert, als man es ihm vorschlug, er hatte ihn engagiert, so wie ein Zoodirektor, dessen Liebe eigentlich den Kaninchen und Rehen gehört, natürlich auch Raubtiere anschafft, weil in einen Zoo eben Raubtiere gehören – aber die Liebe des Intendanten gehörte eben doch den Kaninchen und Rehen, und Murke war für ihn eine intellektuelle Bestie. Schließlich siegte seine Vitalität, und er beauftragte Murke, Bur-Malottkes Vorträge zu schneiden. Die beiden Vorträge waren am Donnerstag und Freitag im Programm, und Bur-Malottkes Gewissensbedenken waren in der Nacht von Sonntag auf Montag gekommen – und man hätte ebensogut Selbstmord begehen können wie Bur-Malottke zu widersprechen, und der Intendant war viel zu vital, um an Selbstmord zu denken.

So hatte Murke am Montagnachmittag und am Dienstagmorgen dreimal die beiden halbstündigen Vorträge über das Wesen der Kunst abgehört, hatte Gott herausgeschnitten und in den kleinen Pausen, die er einlegte, während er stumm mit dem Techniker eine Zigarette rauchte, über die Vitalität des Intendanten und über das niedrige Wesen, das Bur-Malottke verehrte, nachgedacht. Er hatte nie eine Zeile von Bur-Malottke gelesen, nie zuvor einen Vortrag von ihm gehört. Er hatte in der Nacht vom Montag auf Dienstag von einer

Treppe geträumt, die so hoch und so steil war wie der Eiffelturm, und er war hinaufgestiegen, hatte aber bald gemerkt, daß die Treppenstufen mit Seife eingeschmiert waren, und unten stand der Intendant und rief: »Los, Murke, los . . . zeigen Sie, was Sie können . . . los!« In der Nacht von Dienstag auf Mittwoch war der Traum ähnlich gewesen: er war ahnungslos auf einem Rummelplatz zu einer Rutschbahn gegangen, hatte dreißig Pfennig an einen Mann bezahlt, der ihm bekannt vorkam, und als er die Rutschbahn betrat, hatte er plötzlich gesehen, daß sie mindestens zehn Kilometer lang war, hatte gewußt, daß es keinen Weg zurück gab, und ihm war eingefallen, daß der Mann, dem er die dreißig Pfennig gegeben hatte, der Intendant war. – An den beiden Morgen nach diesen Träumen hatte er das harmlose Angstfrühstück oben im Leerraum des Paternosters nicht mehr gebraucht.

Jetzt war Mittwoch, und er hatte in der Nacht nichts von Seife, nichts von Rutschbahnen, nichts von Intendanten geträumt. Er betrat lächelnd das Funkhaus, stieg in den Paternoster, ließ sich bis in den sechsten Stock tragen – viereinhalb Sekunden Angst, das Knirschen der Ketten, die unverputzte Stelle – dann ließ er sich bis zum vierten Stock hinuntertragen, stieg aus und ging auf das Studio zu, wo er mit Bur-Malottke verabredet war. Es war zwei Minuten vor zehn, als er sich in den grünen Sessel setzte, dem Techniker zuwinkte und sich seine Zigarette anzündete. Er atmete ruhig, nahm einen Zettel aus der Brusttasche und blickte auf die Uhr: Bur-Malottke war pünktlich, jedenfalls ging die Sage von seiner Pünktlichkeit; und als der Sekundenzeiger die sechzigste Minute der zehnten Stunde füllte, der Minutenzeiger auf die Zwölf, der Stundenzeiger auf die Zehn rutschte, öffnete sich die Tür, und Bur-Malottke trat ein. Murke erhob sich, liebenswürdig lächelnd, ging auf Bur-Malottke zu und stellte sich vor. Bur-Malottke drückte ihm die Hand, lächelte und sagte: »Na, dann los!« Murke nahm den Zettel vom Tisch, steckte die

Zigarette in den Mund und sagte, vom Zettel ablesend, zu Bur-Malottke:

»In den beiden Vorträgen kommt Gott genau siebenundzwanzigmal vor – ich müßte Sie also bitten, siebenundzwanzigmal das zu sprechen, was wir einkleben können. Wir wären Ihnen dankbar, wenn wir Sie bitten dürften, es fünfunddreißigmal zu sprechen, da wir eine gewisse Reserve beim Kleben werden gebrauchen können.«

»Genehmigt«, sagte Bur-Malottke lächelnd und setzte sich.

»Eine Schwierigkeit allerdings«, sagte Murke, »ist folgende: bei dem Wort Gott, so ist es jedenfalls in Ihrem Vortrag, wird, abgesehen vom Genitiv, der kasuale Bezug nicht deutlich, bei ›jenem höheren Wesen, das wir verehren‹, muß er aber deutlich gemacht werden. Wir haben« – er lächelte liebenswürdig zu Bur-Malottke hin – »insgesamt nötig: zehn Nominative und fünf Akkusative, fünfzehnmal also: ›jenes höhere Wesen, das wir verehren‹ – dann sieben Genitive, also: ›jenes höheren Wesens, das wir verehren‹ – fünf Dative: ›jenem höheren Wesen, das wir verehren‹ – es bleibt noch ein Vokativ, die Stelle, wo Sie: ›o Gott‹ sagen. Ich erlaube mir, Ihnen vorzuschlagen, daß wir es beim Vokativ belassen und Sie sprechen: ›O du höheres Wesen, das wir verehren!‹«

Bur-Malottke hatte offenbar an diese Komplikationen nicht gedacht; er begann zu schwitzen, die Kasualverschiebung machte ihm Kummer. Murke fuhr fort: »Insgesamt«, sagte er liebenswürdig und freundlich, »werden wir für die siebenundzwanzig neugesprochenen Sätze eine Sendeminute und zwanzig Sekunden benötigen, während das siebenundzwanzigmalige Sprechen von ›Gott‹ nur zwanzig Sekunden Sprechzeit erforderte. Wir müssen also zugunsten Ihrer Veränderung aus jedem Vortrag eine halbe Minute streichen.« Bur-Malottke schwitzte heftiger; er verfluchte sich innerlich selbst seiner plötzlichen Bedenken wegen und fragte: »Geschnitten haben Sie schon, wie?«

»Ja«, sagte Murke, zog eine blecherne Zigarettenschachtel aus der Tasche, öffnete sie und hielt sie Bur-Malottke hin: es waren kurze schwärzliche Tonbandschnippel in der Schachtel, und Murke sagte leise: »Siebenundzwanzigmal Gott, von Ihnen gesprochen. Wollen Sie sie haben?«

»Nein«, sagte Bur-Malottke wütend, »danke. Ich werde mit dem Intendanten wegen der beiden halben Minuten sprechen. Welche Sendungen folgen auf meine Vorträge?«

»Morgen«, sagte Murke, »folgt Ihrem Vortrag die Routinesendung ›Internes aus KUV‹, eine Sendung, die Dr. Grehm redigiert.«

»Verflucht«, sagte Bur-Malottke, »Grehm wird nicht mit sich reden lassen.«

»Und übermorgen«, sagte Murke, »folgt Ihrem Vortrag die Sendung ›Wir schwingen das Tanzbein‹.

»Huglieme«, stöhnte Bur-Malottke, »noch nie hat die Abteilung Unterhaltung an die Kultur auch nur eine Fünftelminute abgetreten.«

»Nein«, sagte Murke, »noch nie, jedenfalls« – und er gab seinem jungen Gesicht den Ausdruck tadelloser Bescheidenheit – »jedenfalls noch nie, solange ich in diesem Hause arbeite.«

»Schön«, sagte Bur-Malottke und blickte auf die Uhr, »in zehn Minuten wird es wohl vorüber sein, ich werde dann mit dem Intendanten wegen der Minute sprechen. Fangen wir an. Können Sie mir Ihren Zettel hierlassen?«

»Aber gern«, sagte Murke, »ich habe die Zahlen genau im Kopf.«

Der Techniker legte die Zeitung aus der Hand, als Murke in die kleine Glaskanzel kam. Der Techniker lächelte. Murke und der Techniker hatten während der sechs Stunden am Montag und Dienstag, als sie Bur-Malottkes Vorträge abgehört und daran herumgeschnitten hatten, nicht ein einziges privates Wort miteinander gesprochen; sie hatten sich nur hin und wieder angesehen, das eine Mal hatte der Techniker Murke, das andere Mal Murke dem Techniker die Zigarettenschachtel hingehalten, wenn sie eine Pause machten, und als Murke jetzt den Techniker lächeln sah, dachte er: Wenn es überhaupt Freundschaft auf dieser Welt gibt, dann ist dieser Mann mein Freund. Er legte die Blechschachtel mit den Schnippeln aus Bur-Malottkes Vortrag auf den Tisch und sagte leise: »Jetzt geht es los.« Er schaltete sich ins Studio und sagte ins Mikrofon: »Das Probesprechen können wir uns sicher sparen, Herr Professor. Am besten fangen wir gleich an: ich darf Sie bitten, mit den Nominativen zu beginnen.«

Bur-Malottke nickte, Murke schaltete sich aus, drückte auf den Knopf, der drinnen im Studio das grüne Licht zum Leuchten brachte, dann hörten sie Bur-Malottkes feierliche, wohlakzentuierte Stimme sagen: »Jenes höhere Wesen, das wir verehren – jenes höhere Wesen . . .«

Bur-Malottkes Lippen wölbten sich der Schnauze des Mikrofons zu, als ob er es küssen wollte, Schweiß lief über sein Gesicht, und Murke beobachtete durch die Glaswand hindurch kaltblütig, wie Bur-Malottke sich quälte; dann schaltete er plötzlich Bur-Malottke aus, brachte das ablaufende Band, das Bur-Malottkes Worte aufnahm, zum Stillstand und weidete sich daran, Bur-Malottke stumm wie einen dicken, sehr schönen Fisch hinter der Glaswand zu sehen. Er schaltete sich ein, sagte ruhig ins Studio hinein: »Es tut mir leid, aber unser Band war defekt, und ich muß Sie bitten, noch einmal von vorne mit den Nominativen zu beginnen.« Bur-Malottke fluchte, aber es waren stumme Flüche, die nur er selbst hörte, denn Murke hatte ihn ausgeschaltet, schaltete ihn erst wieder ein, als er angefangen hatte, »jenes höhere Wesen . . .« zu sagen. Murke war zu jung, hatte sich zu gebildet gefühlt, um das Wort Haß zu mögen. Hier aber, hinter der Glaswand, während Bur-Malottke seine Genitive sprach, wußte er plötzlich, was Haß ist: er haßte diesen großen, dikken und schönen Menschen, dessen Bücher in zwei Millionen und dreihundertfünfzigtausend Kopien in Bibliotheken, Büchereien, Bücherschränken und Buchhandlungen herumlagen, und er dachte nicht eine Sekunde daran, diesen Haß zu unterdrücken. Murke schaltete sich, nachdem Bur-Malottke zwei Genitive gesprochen hatte, wieder ein, sagte ruhig:

»Verzeihung, daß ich Sie unterbreche: die Nominative waren ausgezeichnet, auch der erste Genitiv, aber bitte, vom zweiten Genitiv ab noch einmal; ein wenig weicher, ein wenig gelassener, ich spiel' es Ihnen mal 'rein.« Und er gab, obwohl Bur-Malottke heftig den Kopf schüttelte, dem Techniker ein Zeichen, das Band ins Studio zu spielen. Sie sahen, daß Bur-Malottke zusammenzuckte, noch heftiger schwitzte, sich dann die Ohren zuhielt, bis das Band durchgelaufen war. Er sagte etwas, fluchte, aber Murke und der Techniker hörten ihn nicht, sie hatten ihn ausgeschaltet. Kalt wartete Murke, bis er von Bur-Malottkes Lippen ablesen konnte, daß er wieder mit dem höheren Wesen begonnen hatte, er schaltete Mikrofon und Band ein, und Bur-Malottke fing mit den Dativen an: »jenem höheren Wesen, das wir verehren«.

Nachdem er die Dative gesprochen hatte, knüllte er Murkes Zettel zusammen, erhob sich, in Schweiß gebadet und zornig, wollte zur Tür gehen; aber Murkes sanfte, liebenswürdige junge Stimme rief ihn zurück. Murke sagte: »Herr Professor, Sie haben den Vokativ vergessen.« Bur-Malottke warf ihm einen haßerfüllten Blick zu und sprach ins Mikrofon: »O du höheres Wesen, das wir verehren!«

Als er hinausgehen wollte, rief ihn abermals Murkes Stimme zurück. Murke sagte: »Verzeihen Sie, Herr Professor, aber in dieser Weise gesprochen, ist der Satz unbrauchbar.«

»Um Gottes willen«, flüsterte ihm der Techniker zu, »übertreiben Sie's nicht.«

Bur-Malottke war mit dem Rücken zur Glaskanzel an der Tür stehengeblieben, als sei er durch Murkes Stimme festgeklebt.

Er war, was er noch nie gewesen war: er war ratlos, und diese so junge, liebenswürdige, so maßlos intelligente Stimme peinigte ihn, wie ihn noch nie etwas gepeinigt hatte. Murke fuhr fort:

»Ich kann es natürlich so in den Vortrag hineinkleben, aber ich erlaube mir, Sie darauf aufmerksam zu machen, Herr Professor, daß es nicht gut wirken wird.«

Bur-Malottke drehte sich um, ging wieder zum Mikrofon zurück und sagte leise und feierlich:
»O du höheres Wesen, das wir verehren.«

Ohne sich nach Murke umzusehen, verließ er das Studio. Es war genau viertel nach zehn, und er stieß in der Tür mit einer jungen, hübschen Frau zusammen, die Notenblätter in der Hand hielt. Die junge Frau war rothaarig und blühend, sie ging energisch zum Mikrofon, drehte es, rückte den Tisch zurecht, so daß sie frei vor dem Mikrofon stehen konnte.

In der Glaskanzel unterhielt sich Murke eine halbe Minute mit Huglieme, dem Redakteur der Unterhaltungsabteilung. Huglieme sagte, indem er auf die Zigarettenschachtel deutete: »Brauchen Sie das noch?« Und Murke sagte: »Ja, das brauche ich noch.« Drinnen sang die rothaarige junge Frau: »Nimm meine Lippen, so wie sie sind, und sie sind schön.« Huglieme schaltete sich ein und sagte ruhig ins Mikrofon: »Halt doch bitte noch für zwanzig Sekunden die Fresse, ich bin noch nicht ganz soweit.« Die junge Frau lachte, schürzte den Mund und sagte: »Du schwules Kamel.« Murke sagte zum Techniker: »Ich komme also um elf, dann schnippeln wir's auseinander und kleben es 'rein.«

»Müssen wir's nachher auch noch abhören?« fragte der Techniker. »Nein«, sagte Murke, »nicht um eine Million Mark höre ich es noch einmal ab.«

Der Techniker nickte, legte das Band für die rothaarige Sängerin ein, und Murke ging.

Er steckte eine Zigarette in den Mund, ließ sie unangezündet und ging durch den rückwärtigen Flur auf den zweiten Paternoster zu, der an der Südseite lag und zur Kantine hinunterführte. Die Teppiche, die Flure, die Möbel und Bilder, alles reizte ihn. Es waren schöne Teppiche, schöne Flure, schöne Möbel und geschmackvolle Bilder, aber er hatte plötzlich den Wunsch, das kitschige Herz-Jesu-Bildchen, das seine Mutter ihm geschickt hatte, hier irgendwo an der Wand zu sehen. Er blieb stehen, blickte um sich, lauschte, zog das Bildchen aus der Tasche und klemmte es zwischen Tapete und Türfüllung an die Tür des Hilfsregisseurs der Hörspielabteilung. Das Bildchen war bunt, grell, und unter der Abbildung des Herzens Jesu war zu lesen: *Ich betete für Dich in Sankt Jacobi.*

Murke ging weiter, stieg in den Paternoster und ließ sich nach unten tragen. Auf dieser Seite des Funkhauses waren die Schrörschnauzaschenbecher, die beim Preisausschreiben um die besten Aschenbecher den ersten Preis bekommen hatten, schon angebracht. Sie hingen neben den erleuchteten roten Zahlen, die das Stockwerk angaben: eine rote Vier, ein Schrörschnauzaschenbecher, eine rote Drei, ein Schrörschnauzaschenbecher, eine rote Zwei, ein Schrörschnauzaschenbecher. Es waren schöne, aus Kupfer getriebene, muschelförmige Aschenbecher, deren Stütze irgendein aus Kupfer getriebenes, originelles Meeresgewächs war: knotige Algen – und jeder Aschenbecher hatte zweihundertachtundfünfzig Mark und siebenundsiebzig Pfennig gekostet. Sie waren so schön, daß Murke noch nie den Mut gehabt hatte, sie mit seiner Zigarettenasche oder gar mit etwas Unästhetischem wie einer Kippe zu verunreinigen. Allen anderen Rauchern schien es ähnlich zu gehen – leere Zigarettenschachteln, Kippen und Asche lagen immer unter den schönen Aschenbechern auf dem Boden: niemand schien den Mut zu finden, diese Aschenbecher wirklich als solche zu benutzen; kupfern waren sie, blank und immer leer.

Murke sah schon den fünften Aschenbecher neben der rot erleuchteten Null auf sich zukommen, die Luft wurde wärmer, es roch nach Speisen, Murke sprang ab und taumelte in die Kantine. In der Ecke saßen drei freie Mitarbeiter an einem Tisch. Eierbecher, Brotteller und Kaffeekannen standen um sie herum.

Die drei Männer hatten zusammen eine Hörfolge: ›Die Lunge, Organ des Menschen‹ verfaßt, hatten zusammen ihr Honorar abgeholt, zusammen gefrühstückt, tranken jetzt einen Schnaps miteinander und knobelten um den Steuerbeleg. Murke kannte einen von ihnen gut, Wendrich; aber Wendrich rief gerade heftig »Kunst!«–»Kunst«, rief er noch einmal, »Kunst, Kunst!«, und Murke zuckte erschreckt zusammen, wie der Frosch, an dem Galvani die Elektrizität entdeckte. Murke hatte das Wort *Kunst* an den beiden letzten Tagen zu oft gehört, aus Bur-Malottkes Mund; es kam genau einhundertvierunddreißigmal in den beiden Vorträgen vor; und er hatte die Vorträge dreimal, also vierhundertzweimal das Wort *Kunst* gehört, zu oft, um Lust auf eine Unterhaltung darüber zu verspüren. Er drückte sich an der Theke vorbei in eine Laube in der entgegengesetzten Ecke der Kantine und atmete erleichtert auf, als die Laube frei war. Er setzte sich in den gelben Polstersessel, zündete die Zigarette an, und als Wulla kam, die Kellnerin, sagte er: »Bitte Apfelsaft« und war froh, daß Wulla gleich wieder verschwand. Er kniff die Augen zu, lauschte aber, ohne es zu wollen, auf das Gespräch der freien Mitarbeiter in der Ecke, die sich leidenschaftlich über Kunst zu streiten schienen; jedesmal, wenn einer von ihnen »Kunst« rief, zuckte Murke zusammen. Es ist, als ob man ausgepeitscht würde, dachte er.

Wulla, die ihm den Apfelsaft brachte, sah ihn besorgt an. Sie war groß und kräftig, aber nicht dick, hatte ein gesundes, fröhliches Gesicht, und während sie den Apfelsaft aus der Karaffe ins Glas goß, sagte sie: »Sie sollten Ihren Urlaub nehmen, Herr Doktor, und das Rauchen besser lassen.«

Früher hatte sie sich Wilfriede-Ulla genannt, dann aber den Namen der Einfachheit halber zu Wulla zusammengezogen. Sie hatte einen besonderen Respekt vor den Leuten von der kulturellen Abteilung.

»Lassen Sie mich in Ruhe«, sagte Murke, »bitte lassen Sie mich!«

»Und Sie sollten mal mit 'nem einfachen netten Mädchen ins Kino gehen«, sagte Wulla.

»Das werde ich heute abend tun«, sagte Murke, »ich verspreche es Ihnen.«

»Es braucht nicht gleich eins von den Flittchen zu sein«,

sagte Wulla, »ein einfaches, nettes, ruhiges Mädchen mit Herz. Die gibt es immer noch.«

»Ich weiß«, sagte Murke, »es gibt sie, und ich kenne sogar eine.« Na also, dachte Wulla und ging zu den freien Mitarbeitern hinüber, von denen einer drei Schnäpse und drei Tassen Kaffee bestellt hatte. Die armen Herren, dachte Wulla, die Kunst macht sie noch ganz verrückt. Sie hatte ein Herz für die freien Mitarbeiter und war immer darauf aus, sie zur Sparsamkeit anzuhalten. Haben sie mal Geld, dachte sie, dann hauen sie's gleich auf den Kopf, und sie ging zur Theke und gab kopfschüttelnd dem Büfettier die Bestellung der drei Schnäpse und der drei Tassen Kaffee durch.

Murke trank von dem Apfelsaft, drückte die Zigarette in den Aschenbecher und dachte voller Angst an die Stunden zwischen elf und eins, in denen er Bur-Malottkes Sprüche auseinanderschneiden und an die richtigen Stellen in den Vorträgen hineinkleben mußte. Um zwei wollte der Intendant die beiden Vorträge in sein Studio gespielt haben. Murke dachte an Schmierseife, an Treppen, steile Treppen und Rutschbahnen, er dachte an die Vitalität des Intendanten, dachte an Bur-Malottke und erschrak, als er Schwendling in die Kantine kommen sah.

Schwendling hatte ein rot-schwarzes, großkariertes Hemd an und steuerte zielsicher auf die Laube zu, in der Murke sich verbarg. Schwendling summte den Schlager, der jetzt sehr beliebt war: »Nimm meine Lippen, so wie sie sind, und sie sind schön . . .«, stutzte, als er Murke sah, und sagte: »Na, du? Ich denke, du schneidest den Käse von Bur-Malottke zurecht.«

»Um elf geht es weiter«, sagte Murke.

»Wulla, ein Bier«, brüllte Schwendling zur Theke hin, »einen halben Liter. – Na«, sagte er zu Murke hin, »du hättest dafür 'nen Extraurlaub verdient, das muß ja gräßlich sein. Der Alte hat mir erzählt, worum es geht.«

Murke schwieg, und Schwendling sagte: »Weißt du das Neueste von Muckwitz?«

Murke schüttelte erst uninteressiert den Kopf, fragte dann aus Höflichkeit: »Was ist denn mit ihm?«

Wulla brachte das Bier, Schwendling trank daran, blähte sich ein wenig und sagte langsam: »Muckwitz verfeaturt die Taiga.«

Murke lachte und sagte: »Was macht Fenn?«

»Der«, sagte Schwendling, »der verfeaturt die Tundra.«

»Und Weggucht?«

»Weggucht macht ein Feature über mich, und später mache ich eins über ihn nach dem Wahlspruch: Verfeature du mich; dann verfeature ich dich . . .«

Einer der freien Mitarbeiter war jetzt aufgesprungen und brüllte emphatisch in die Kantine hinein: »Kunst – Kunst – das allein ist es, worauf es ankommt.«

Murke duckte sich, wie ein Soldat sich duckt, der im feindlichen Schützengraben die Abschüsse der Granatwerfer gehört hat. Er trank noch einen Schluck Apfelsaft und zuckte wieder zusammen, als eine Stimme durch den Lautsprecher sagte: »Herr Doktor Murke wird im Studio dreizehn erwartet – Herr Doktor Murke wird im Studio dreizehn erwartet.« Er blickte auf die Uhr, es war erst halb elf, aber die Stimme fuhr unerbittlich fort: »Herr Doktor Murke wird im Studio dreizehn erwartet – Herr Doktor Murke wird im Studio dreizehn erwartet.« Der Lautsprecher hing über der Theke des Kantinenraumes, gleich unterhalb des Spruches, den der Intendant hatte an die Wand malen lassen: *Disziplin ist alles.*

»Na«, sagte Schwendling, »es nutzt nichts, geh.«

»Nein«, sagte Murke, »es nutzt nichts.« Er stand auf, legte Geld für den Apfelsaft auf den Tisch, drückte sich am Tisch der freien Mitarbeiter vorbei, stieg draußen in den Paternoster und ließ sich an den fünf Schrörschnauzaschenbechern vorbei wieder nach oben tragen. Er sah sein Herz-Jesu-Bildchen noch in der Türfüllung des Hilfsregisseurs geklemmt und dachte:

›Gott sei Dank, jetzt ist wenigstens ein kitschiges Bild im Funkhaus.‹

Er öffnete die Tür zur Kanzel des Studios, sah den Techniker allein und ruhig vor vier Pappkartons sitzen und fragte müde: »Was ist denn los?«

»Die waren früher fertig, als sie gedacht hatten, und wir haben eine halbe Stunde gewonnen«, sagte der Techniker, »ich dachte, es läge Ihnen vielleicht daran, die halbe Stunde auszunutzen.«

»Da liegt mir allerdings dran«, sagte Murke, »ich habe um eins eine Verabredung. Also fangen wir an. Was ist mit den Kartons?«

»Ich habe«, sagte der Techniker, »für jeden Kasus einen Karton – die Akkusative im ersten, im zweiten die Genitive, im dritten die Dative und in dem da« – er deutete auf den Karton, der am weitesten rechts stand, einen kleinen Karton, auf dem REINE SCHOKOLADE stand, und sagte: »und da drin liegen die beiden Vokative, in der rechten Ecke der gute, in der linken der schlechte.«

»Das ist großartig«, sagte Murke, »Sie haben den Dreck also schon auseinandergeschnitten.«

»Ja«, sagte der Techniker, »und wenn Sie sich die Reihenfolge notiert haben, in der die Fälle eingeklebt werden müssen, sind wir spätestens in 'ner Stunde fertig. Haben Sie sich's notiert?« – »Hab' ich«, sagte Murke. Er zog einen Zettel aus der Tasche, auf dem die Ziffern 1 bis 27 notiert waren; hinter jeder Ziffer stand ein Kasus.

Murke setzte sich, hielt dem Techniker die Zigarettenschachtel hin; sie rauchten beide, während der Techniker die zerschnittenen Bänder mit Bur-Malottkes Vorträgen auf die Rolle legte.

»In den ersten Schnitt«, sagte Murke, »müssen wir einen Akkusativ einkleben.« Der Techniker griff in den ersten Karton, nahm einen der Bandschnippel und klebte ihn in die Lücke.

»In den zweiten«, sagte Murke, »'nen Dativ.«

Sie arbeiteten flink, und Murke war erleichtert, weil es so rasch ging.

»Jetzt«, sagte er, »kommt der Vokativ; natürlich nehmen wir den schlechten.«

Der Techniker lachte und klebte Bur-Malottkes schlechten Vokativ in das Band. »Weiter«, sagte er, »weiter!« – »Genitiv«, sagte Murke.

Der Intendant las gewissenhaft jeden Hörerbrief. Der, den er jetzt gerade las, hatte folgenden Wortlaut:

Lieber Rundfunk, gewiß hast Du keine treuere Hörerin als mich. Ich bin eine alte Frau, ein Mütterchen von siebenundsiebzig Jahren, und ich höre Dich seit dreißig Jahren täglich. Ich bin nie sparsam mit meinem Lob gewesen. Vielleicht entsinnst Du Dich meines Briefes über die Sendung: ›Die sieben Seelen der Kuh Kaweida‹. Es war eine großartige Sendung – aber nun muß ich böse mit Dir werden! Die Vernachlässigung, die die Hundeseele im Rundfunk erfährt, wird allmählich empörend. Das nennst Du dann Humanismus. Hitler hatte bestimmt seine Nachteile: wenn man alles glauben kann, was man so hört, war er ein garstiger Mensch, aber eins hatt' er: er hatte ein Herz für Hunde und tat etwas für sie. Wann kommt der Hund endlich im deutschen Rundfunk wieder zu seinem Recht? So wie Du es in der Sendung ›Wie Katz und Hund‹ versucht hast, geht es jedenfalls nicht: es war eine Beleidigung für jede Hundeseele. Wenn mein kleiner Lohengrin reden könnte, der würd's Dir sagen! Und gebellt hat er, der Liebe, während Deine mißglückte Sendung ablief, gebellt hat er, daß einem 's Herz aufgehen konnte vor Scham. Ich zahle meine zwei Mark im Monat wie jeder andere Hörer und mache von meinem Recht Gebrauch und stelle die Frage: Wann kommt die Hundeseele endlich im Rundfunk wieder zu ihrem Recht?
Freundlich – obwohl ich so böse mit Dir bin –
Deine Jadwiga Herchen, ohne Beruf

P. S. Sollte keiner von den zynischen Gesellen, die Du Dir zur Mitarbeit aussuchst, fähig sein, die Hundeseele in entsprechender Weise zu würdigen, so bediene Dich meiner bescheidenen Versuche, die ich Dir beilege. Aufs Honorar würde ich verzichten. Du kannst es gleich dem Tierschutzverein überweisen.

Beiliegend: 35 Manuskripte.

Deine J. H.

Der Intendant seufzte. Er suchte nach den Manuskripten, aber seine Sekretärin hatte sie offenbar schon wegsortiert. Der Intendant stopfte sich eine Pfeife, steckte sie an, leckte sich über die vitalen Lippen, hob den Telefonhörer und ließ sich mit Krochy verbinden. Krochy hatte ein winziges Stübchen mit einem winzigen, aber geschmackvollen Schreibtisch oben in der Abteilung Kulturwort und verwaltete ein Ressort, das so schmal war wie sein Schreibtisch: Das Tier in der Kultur.

»Krochy«, sagte der Intendant, als dieser sich bescheiden meldete, »wann haben wir zuletzt etwas über Hunde gebracht?«

»Über Hunde?« sagte Krochy, »Herr Intendant, ich glaube, noch nie, jedenfalls solange ich hier bin noch nicht.«

»Und wie lange sind Sie schon hier, Krochy?« Und Krochy oben in seinem Zimmer zitterte, weil die Stimme des Intendanten so sanft wurde; er wußte, daß nichts Gutes bevorstand, wenn diese Stimme sanft wurde.

»Zehn Jahre bin ich jetzt hier, Herr Intendant«, sagte Krochy.

»Es ist eine Schweinerei«, sagte der Intendant, »daß Sie noch nie etwas über Hunde gebracht haben, schließlich fällt es in Ihr Ressort. Wie hieß der Titel Ihrer letzten Sendung?«

»Meine letzte Sendung hieß«, stotterte Krochy.

»Sie brauchen den Satz nicht zu wiederholen«, sagte der Intendant, »wir sind nicht beim Militär.«

»Eulen im Gemäuer«, sagte Krochy schüchtern.

»Innerhalb der nächsten drei Wochen«, sagte der Intendant, nun wieder sanft, »möchte ich eine Sendung über die Hundeseele hören.«

»Jawohl«, sagte Krochy, er hörte den Klicks, mit dem der Intendant den Hörer aufgelegt hatte, seufzte tief und sagte: »O mein Gott!«

Der Intendant griff zum nächsten Hörerbrief.

In diesem Augenblick trat Bur-Malottke ein. Er durfte sich die Freiheit nehmen, jederzeit unangemeldet hereinzukommen, und er nahm sich diese Freiheit häufig. Er schwitzte noch, setzte sich müde auf einen Stuhl dem Intendanten gegenüber und sagte:

»Guten Morgen also.«

»Guten Morgen«, sagte der Intendant und schob den Hörerbrief beiseite. »Was kann ich für Sie tun?«

»Bitte«, sagte Bur-Malottke, »schenken Sie mir eine Minute.«

»Bur-Malottke«, sagte der Intendant und machte eine großartige, vitale Geste, »braucht mich nicht um eine Minute zu bitten, Stunden, Tage stehen zu Ihrer Verfügung.«

»Nein«, sagte Bur-Malottke, »es handelt sich nicht um eine gewöhnliche Zeitminute, sondern um eine Sendeminute. Mein Vortrag ist durch die Änderung um eine Minute länger geworden.« Der Intendant wurde ernst, wie ein Satrap, der Provinzen verteilt. »Hoffentlich«, sagte er sauer, »ist es nicht eine politische Minute.«

»Nein«, sagte Bur-Malottke, »eine halbe lokale und eine halbe Unterhaltungsminute.«

»Gott sei Dank«, sagte der Intendant, »ich habe bei der Unterhaltung noch neunundsiebzig Sekunden, bei den Lokalen noch dreiundachtzig Sekunden gut, gerne gebe ich einem Bur-Malottke eine Minute.«

»Sie beschämen mich«, sagte Bur-Malottke.

»Was kann ich sonst noch für Sie tun?« fragte der Intendant.

»Ich wäre Ihnen dankbar«, sagte Bur-Malottke, »wenn wir gelegentlich darangehen könnten, alle Bänder zu korrigieren, die ich seit 1945 besprochen habe. Eines Tages«, sagte er – er fuhr sich über die Stirn und blickte schwermütig auf den

echten Brüller, der über des Intendanten Schreibtisch hing –
»eines Tages werde ich« – er stockte, denn die Mitteilung, die
er dem Intendanten zu machen hatte, war zu schmerzlich für
die Nachwelt – »eines Tages werde ich – sterben werde ich – «,
und er machte wieder eine Pause und gab dem Intendanten
Gelegenheit, bestürzt auszusehen und abwehrend mit der
Hand zu winken – »und es ist mir unerträglich, daran zu
denken, daß nach meinem Tode möglicherweise Bänder ablaufen, auf denen ich Dinge sage, von denen ich nicht mehr
überzeugt war. Besonders zu politischen Äußerungen habe
ich mich im Eifer des fünfundvierziger Jahres hinreißen lassen, zu Äußerungen, die mich heute mit starken Bedenken
erfüllen und die ich nur auf das Konto jener Jugendlichkeit
setzen kann, die von jeher mein Werk ausgezeichnet hat. Die
Korrekturen meines geschriebenen Werkes laufen bereits an,
ich möchte Sie bitten, mir bald die Gelegenheit zu geben,
auch mein gesprochenes Werk zu korrigieren.«

Der Intendant schwieg, hüstelte nur leicht, und kleine, sehr
helle Schweißtröpfchen zeigten sich auf seiner Stirn: es fiel
ihm ein, daß Bur-Malottke seit 1945 jeden Monat mindestens
eine Stunde gesprochen hatte, und er rechnete flink, während
Bur-Malottke weitersprach: zwölf Stunden mal zehn waren
einhundertzwanzig Stunden gesprochenen Bur-Malottkes.

»Pedanterie«, sagte Bur-Malottke, »wird ja nur von un-
sauberen Geistern als des Genies unwürdig bezeichnet, wir
wissen ja« – und der Intendant fühlte sich geschmeichelt,
durch das Wir unter die sauberen Geister eingereiht zu sein –
»daß die wahren, die großen Genies Pedanten waren. Him-
melsheim ließ einmal eine ganze, ausgedruckte Auflage seines
›Seelon‹ auf eigene Kosten neu binden, weil drei oder vier
Sätze in der Mitte dieses Werkes ihm nicht mehr entsprechend erschienen. Der Gedanke, daß Vorträge von mir ge-
sendet werden können, von denen ich nicht mehr überzeugt
war, als ich das Zeitliche segnete – der Gedanke ist mir unerträglich. Welche Lösung würden Sie vorschlagen?«

Die Schweißtropfen auf der Stirn des Intendanten waren

größer geworden. »Es müßte«, sagte er leise, »erst einmal eine genaue Aufstellung aller von Ihnen gesprochenen Sendungen gemacht und dann im Archiv nachgesehen werden, ob diese Bänder noch alle dort sind.«

»Ich hoffe«, sagte Bur-Malottke, »daß man keins der Bänder gelöscht hat, ohne mich zu verständigen. Man hat mich nicht verständigt, also hat man kein Band gelöscht.«

»Ich werde alles veranlassen«, sagte der Intendant.

»Ich bitte darum«, sagte Bur-Malottke spitz und stand auf. »Guten Morgen.«

»Guten Morgen«, sagte der Intendant und geleitete Bur-Malottke zur Tür.

Die freien Mitarbeiter in der Kantine hatten sich entschlossen, ein Mittagessen zu bestellen. Sie hatten noch mehr Schnaps getrunken, sprachen immer noch über Kunst, ihr Gespräch war ruhiger, aber nicht weniger leidenschaftlich geworden. Sie sprangen alle erschrocken auf, als plötzlich Wanderburn in die Kantine trat. Wanderburn war ein großer, melancholisch aussehender Dichter mit dunklem Haar, einem sympathischen Gesicht, das ein wenig vom Stigma des Ruhmes gekerbt war. Er war an diesem Tage unrasiert und sah deshalb noch sympathischer aus. Er ging auf den Tisch der drei freien Mitarbeiter zu, setzte sich erschöpft hin und sagte: »Kinder, gebt mir etwas zu trinken. In diesem Hause habe ich immer das Gefühl, zu verdursten.«

Sie gaben ihm zu trinken, einen Schnaps, der noch dastand, und den Rest aus einer Sprudelflasche. Wanderburn trank, setzte das Glas ab, blickte die drei Männer der Reihe nach an und sagte: »Ich warne Sie vor dem Funk, vor diesem Scheißkasten – vor diesem geleckten, geschniegelten, aalglatten Scheißkasten.

Ich warne Sie. Er macht uns alle kaputt.«

Seine Warnung war aufrichtig und beeindruckte die drei jungen Männer sehr; aber die drei jungen Männer wußten nicht, daß Wanderburn gerade von der Kasse kam, wo er sich viel Geld als Honorar für eine leichte Bearbeitung des Buches Hiob abgeholt hatte.

»Sie schneiden uns«, sagte Wanderburn, »zehren unsere Substanz auf, kleben uns, und wir alle werden es nicht aushalten.«

Er trank den Sprudel aus, setzte das Glas auf den Tisch und schritt mit melancholisch wehendem Mantel zur Tür.

Punkt zwölf war Murke mit dem Kleben fertig. Sie hatten den letzten Schnippel, einen Dativ, gerade eingeklebt, als Murke aufstand. Er hatte schon die Türklinke in der Hand, da sagte der Techniker: »Ein so empfindliches und kostspieliges Gewissen möcht' ich auch mal haben. Was machen wir mit der Dose?« Er zeigte auf die Zigarettenschachtel, die oben im Regal zwischen den Kartons mit neuen Bändern stand.

»Lassen Sie sie stehen«, sagte Murke.

»Wozu?«

»Vielleicht brauchen wir sie noch.«

»Halten Sie's für möglich, daß er wieder Gewissensqualen bekommt?«

»Nicht unmöglich«, sagte Murke, »warten wir besser ab. Auf Wiedersehen.« Er ging zum vorderen Paternoster, ließ sich zum zweiten Stock hinuntertragen und betrat erstmals an diesem Tage sein Büro. Die Sekretärin war zum Essen gegangen, Murkes Chef, Humkoke, saß am Telefon und las in einem Buch. Er lächelte Murke zu, stand auf und sagte: »Na, Sie leben ja noch. Ist dies Buch Ihres? Haben Sie es auf den Schreibtisch gelegt?« Er hielt Murke den Titel hin, und Murke sagte: »Ja, es ist meins.« Das Buch hatte einen grüngrau-orangefarbenen Schutzumschlag, hieß ›Batley's Lyrik-Kanal‹; es handelte von einem jungen englischen Dichter, der vor hundert Jahren einen Katalog des Londoner Slangs angelegt hatte.

»Es ist ein großartiges Buch«, sagte Murke.

»Ja«, sagte Humkoke, »es ist großartig, aber Sie lernen es nie.«

Murke sah ihn fragend an.

»Sie lernen es nie, daß man großartige Bücher nicht auf dem Tisch herumliegen läßt, wenn Wanderburn erwartet wird, und Wanderburn wird immer erwartet. Der hat es natürlich gleich erspäht, es aufgeschlagen, fünf Minuten drin gelesen, und was ist die Folge?«

Murke schwieg.

»Die Folge ist«, sagte Humkoke, »zwei einstündige Sendungen von Wanderburn über ›Batley's Lyrik-Kanal‹. Dieser Bursche wird uns eines Tages noch seine eigene Großmutter als Feature servieren, und das Schlimme ist eben, daß eine seiner Großmütter auch meine war. Bitte, Murke, merken Sie sich: nie großartige Bücher auf den Tisch, wenn Wanderburn erwartet wird, und ich wiederhole, er wird immer erwartet. – So, und nun gehen Sie, Sie haben den Nachmittag frei, und ich nehme an, daß Sie den freien Nachmittag verdient haben. – Ist der Kram fertig? Haben Sie ihn noch einmal abgehört?«

»Ich habe alles fertig«, sagte Murke, »aber abhören kann ich die Vorträge nicht mehr, ich kann es einfach nicht.«

»›Ich kann es einfach nicht‹, ist eine sehr kindliche Redewendung«, sagte Humkoke.

»Wenn ich das Wort Kunst heute noch einmal hören muß, werde ich hysterisch«, sagte Murke.

»Sie sind es schon«, sagte Humkoke, »und ich billige Ihnen sogar zu, daß Sie Grund haben, es zu sein. Drei Stunden Bur-Malottke, das haut hin, das schmeißt den stärksten Mann um, und Sie sind nicht einmal ein starker Mann.« Er warf das Buch auf den Tisch, kam einen Schritt auf Murke zu und sagte: »Als ich in Ihrem Alter war, hatte ich einmal eine vierstündige Hitlerrede um drei Minuten zu schneiden, und ich mußte mir die Rede dreimal anhören, ehe ich würdig war, vorzuschlagen, welche drei Minuten herausgeschnitten werden sollten. Als ich anfing, das Band zum erstenmal zu hören, war ich noch ein Nazi, aber als ich die Rede zum drittenmal durch hatte, war ich kein Nazi mehr; es war eine harte, eine schreckliche, aber sehr wirksame Kur.«

»Sie vergessen«, sagte Murke leise, »daß ich von Bur-Malottke schon geheilt war, bevor ich seine Bänder hören mußte.«

»Sie sind doch eine Bestie«, sagte Humkoke lachend, »gehen Sie, der Intendant hört es sich um zwei noch einmal an. Sie müssen nur erreichbar sein, falls etwas passiert.«

»Von zwei bis drei bin ich zu Hause«, sagte Murke.

»Noch etwas«, sagte Humkoke und zog eine gelbe Keksdose aus einem Regal, das neben Murkes Schreibtisch stand, »was für Bandschnippel haben Sie in dieser Dose?«

Murke wurde rot. »Es sind«, sagte er, »ich sammle eine bestimmte Art von Resten.«

»Welche Art Reste?« fragte Humkoke.

»Schweigen«, sagte Murke, »ich sammle Schweigen.«

Humkoke sah ihn fragend an, und Murke fuhr fort: »Wenn ich Bänder zu schneiden habe, wo die Sprechenden manchmal eine Pause gemacht haben – auch Seufzer, Atemzüge, absolutes Schweigen –, das werfe ich nicht in den Abfallkorb, sondern das sammle ich. Bur-Malottkes Bänder übrigens gaben nicht eine Sekunde Schweigen her.«

Humkoke lachte: »Natürlich, der wird doch nicht schweigen. – Und was machen Sie mit den Schnippeln?«

»Ich klebe sie aneinander und spiele mir das Band vor, wenn ich abends zu Hause bin. Es ist noch nicht viel, ich habe erst drei Minuten – aber es wird ja auch nicht viel geschwiegen.«

»Ich muß Sie darauf aufmerksam machen, daß es verboten ist, Teile von Bändern mit nach Hause zu nehmen.«

»Auch Schweigen?« fragte Murke.

Humkoke lachte und sagte: »Nun gehen Sie!« Und Murke ging.

Als der Intendant wenige Minuten nach zwei in sein Studio kam, war der Bur-Malottke-Vortrag eben angelaufen:

». . . und wo immer, wie immer, warum immer und wann immer wir das Gespräch über das Wesen der Kunst beginnen, müssen wir zuerst auf jenes höhere Wesen, das wir verehren, blicken, müssen uns in Ehrfurcht vor jenem höheren Wesen, das wir verehren, beugen und müssen die Kunst dankbar als ein Geschenk jenes höheren Wesens, das wir verehren, entgegennehmen. Die Kunst . . .«

Nein, dachte der Intendant, ich kann wirklich keinem Menschen zumuten, einhundertzwanzig Stunden Bur-Malottke abzuhören. Nein, dachte er, es gibt Dinge, die man einfach nicht machen kann, die ich nicht einmal Murke gönne. Er ging in sein Arbeitszimmer zurück, schaltete dort den Lautsprecher an und hörte gerade Bur-Malottke sagen: »O, du höheres Wesen, das wir verehren . . .« Nein, dachte der Intendant, nein, nein.

Murke lag zu Hause auf seiner Couch und rauchte. Neben ihm auf einem Stuhl stand eine Tasse Tee, und Murke blickte gegen die weiße Decke des Zimmers. An seinem Schreibtisch saß ein bildschönes blondes Mädchen, das starr zum Fenster hinaus auf die Straße blickte. Zwischen Murke und dem Mädchen, auf einem Rauchtisch, stand ein Bandgerät, das auf Aufnahme gestellt war. Kein Wort wurde gesprochen, kein Laut fiel. Man hätte das Mädchen für ein Fotomodell halten können, so schön und so stumm war es.

»Ich kann nicht mehr«, sagte das Mädchen plötzlich, »ich kann nicht mehr, es ist unmenschlich, was du verlangst. Es gibt Männer, die unsittliche Sachen von einem Mädchen verlangen, aber ich meine fast, was du von mir verlangst, wäre noch unsittlicher als die Sachen, die andere Männer von einem Mädchen verlangen.«

Murke seufzte. »Mein Gott«, sagte er, »liebe Rina, das muß ich alles wieder 'rausschneiden, sei doch vernünftig, sei lieb und beschweige mir wenigstens noch fünf Minuten Band.«

»Beschweigen«, sagte das Mädchen, und sie sagte es auf eine Weise, die man vor dreißig Jahren ›unwirsch‹ genannt hätte. »Beschweigen, das ist auch so eine Erfindung von dir.

Ein Band besprechen würde ich mal gern – aber beschweigen ...«

Murke war aufgestanden und hatte den Bandapparat abgestellt. »Ach Rina«, sagte er, »wenn du wüßtest, wie kostbar mir dein Schweigen ist. Abends, wenn ich müde bin, wenn ich hier sitzen muß, lasse ich mir dein Schweigen ablaufen. Bitte sei nett und beschweige mir wenigstens noch drei Minuten und erspare mir das Schneiden; du weißt doch, was Schneiden für mich bedeutet.« »Meinetwegen«, sagte das Mädchen, »aber gib mir wenigstens eine Zigarette.«

Murke lächelte, gab ihr eine Zigarette und sagte: »So habe ich dein Schweigen im Original und auf Band, das ist großartig.« Er stellte das Band wieder ein, und beide saßen schweigend einander gegenüber, bis das Telefon klingelte. Murke stand auf, zuckte hilflos die Achseln und nahm den Hörer auf.

»Also«, sagte Humkoke, »die Vorträge sind glatt durchgelaufen, der Chef hat nichts Negatives gesagt ... Sie können ins Kino gehen. – Und denken Sie an den Schnee.«

»An welchen Schnee?« fragte Murke und blickte hinaus auf die Straße, die in der grellen Sommersonne lag.

»Mein Gott«, sagte Humkoke, »Sie wissen doch, daß wir jetzt anfangen müssen, an das Winterprogramm zu denken. Ich brauche Schneelieder, Schneegeschichten – wir können doch nicht immer und ewig auf Schubert und Stifter herumhocken. – Kein Mensch scheint zu ahnen, wie sehr es uns gerade an Schneeliedern und Schneegeschichten fehlt. Stellen Sie sich einmal vor, wenn es einen harten und langen Winter mit viel Schnee und Kälte gibt: wo nehmen wir unsere Schneesendungen her. Lassen Sie sich irgend etwas Schneeiges einfallen.«

»Ja«, sagte Murke, »ich lasse mir etwas einfallen.« Humkoke hatte eingehängt.

»Komm«, sagte er zu dem Mädchen, »wir können ins Kino gehen.«

»Darf ich jetzt wieder sprechen«, sagte das Mädchen. »Ja«, sagte Murke, »sprich!«

Um diese Zeit hatte der Hilfsregisseur der Hörspielabteilung das Kurzhörspiel, das am Abend laufen sollte, noch einmal abgehört. Er fand es gut, nur der Schluß hatte ihn nicht befriedigt. Er saß in der Glaskanzel des Studios dreizehn neben dem Techniker, kaute an einem Streichholz und studierte das Manuskript.

»(Akustik in einer großen leeren Kirche)
Atheist: (spricht laut und klar) Wer denkt noch an mich, wenn ich der Würmer Raub geworden bin?
(Schweigen)
Atheist: (um eine Nuance lauter sprechend) Wer wartet auf mich, wenn ich wieder zu Staub geworden bin?
(Schweigen)
Atheist: (noch lauter) Und wer denkt noch an mich, wenn ich wieder zu Laub geworden bin?
(Schweigen)«

Es waren zwölf solcher Fragen, die der Atheist in die Kirche hineinschrie, und hinter jeder Frage stand? Schweigen.

Der Hilfsregisseur nahm das durchgekaute Streichholz aus dem Mund, steckte ein frisches in den Mund und sah den Techniker fragend an.

»Ja«, sagte der Techniker, »wenn Sie mich fragen: ich finde, es ist ein bißchen viel Schweigen drin.«

»Das fand ich auch«, sagte der Hilfsregisseur, »sogar der Autor findet es und hat mich ermächtigt, es zu ändern. Es soll einfach eine Stimme sagen: Gott – aber es müßte eine Stimme ohne die Akustik der Kirche sein, sie müßte sozusagen in einem anderen akustischen Raum sprechen. Aber sagen Sie mir, wo krieg’ ich jetzt die Stimme her?«

Der Techniker lächelte, griff nach der Zigarettendose, die immer noch oben im Regal stand. »Hier«, sagte er, »hier ist eine Stimme, die in einem akustikfreien Raum ›Gott‹ sagt.«

Der Hilfsregisseur schluckte vor Überraschung das Streichholz hinunter, würgte ein wenig und hatte es wieder vorn im

Mund. »Es ist ganz harmlos«, sagte der Techniker lächelnd, »wir haben es aus einem Vortrag herausschneiden müssen, siebenundzwanzigmal.«

»So oft brauche ich es gar nicht, nur zwölfmal«, sagte der Hilfsregisseur.

»Es ist natürlich einfach«, sagte der Techniker, »das Schweigen 'rauszuschneiden und zwölfmal Gott 'reinzukleben – wenn Sie's verantworten können.«

»Sie sind ein Engel«, sagte der Hilfsregisseur, »und ich kann es verantworten. Los, fangen wir an.« Er blickte glücklich auf die sehr kleinen, glanzlosen Bandschnippel in Murkes Zigarettenschachtel. »Sie sind wirklich ein Engel«, sagte er, »los, gehen wir 'ran!«

Der Techniker lächelte, denn er freute sich auf die Schnippel Schweigen, die er Murke würde schenken können: es war viel Schweigen, im ganzen fast eine Minute; soviel Schweigen hatte er Murke noch nie schenken können, und er mochte den jungen Mann.

»Schön«, sagte er lächelnd, »fangen wir an.«

Der Hilfsregisseur griff in seine Rocktasche, nahm seine Zigarettenschachtel heraus; er hatte aber gleichzeitig ein zerknittertes Zettelchen gepackt, glättete es und hielt es dem Techniker hin: »Ist es nicht komisch, was für kitschige Sachen man im Funkhaus finden kann? Das habe ich an meiner Tür gefunden.«

Der Techniker nahm das Bild, sah es sich an und sagte: »Ja, komisch«, und er las laut, was darunter stand:

Ich betete für Dich in Sankt Jacobi.

Montag:
Leider kam ich zu spät an, als daß ich noch hätte ausgehen
oder jemanden besuchen können; es war 23.30 Uhr, als ich
ins Hotel kam, und ich war müde. So blieb mir nur vom
Hotelzimmer aus der Blick auf diese Stadt, die so von Leben
sprüht; wie das brodelt, pulsiert, fast überkocht: da stecken
Energien, die noch nicht alle freigelegt sind. Die Hauptstadt
ist noch nicht das, was sie sein könnte. Ich rauchte eine
Zigarre, gab mich ganz dieser faszinierenden Elektrizität hin,
zögerte, ob ich nicht doch Inn anrufen könne, ergab mich
schließlich seufzend und studierte noch einmal mein wich-
tiges Material. Gegen Mitternacht ging ich ins Bett: hier fällt
es mir immer schwer schlafen zu gehen. Diese Stadt ist dem
Schlafe abhold.

Nachts notiert:
Merkwürdiger, sehr merkwürdiger Traum: Ich ging durch
einen Wald von Denkmälern; regelmäßige Reihen; in kleinen
Lichtungen waren zierliche Parks angelegt, in deren Mitte
wiederum ein Denkmal stand; alle Denkmäler waren gleich;
Hunderte, nein Tausende: ein Mann in Rührt-euch-Stellung,
dem Faltenwurf seiner weichen Stiefel nach offenbar Offizier,
doch waren Brust, Gesicht, Sockel an allen Denkmälern noch
mit einem Tuch verhangen – plötzlich wurden alle Denkmäler gleichzeitig enthüllt, und ich erkannte, eigentlich ohne
allzusehr überrascht zu sein, daß *ich* es war, der auf dem
Sockel stand; ich bewegte mich auf dem Sockel, lächelte, und
da auch die Umhüllung des Sockels gefallen war, las ich viele
Tausend Male meinen Namen: *Erich von Machorka-Muff*. Ich
lachte, und tausendfach kam das Lachen aus meinem eigenen
Munde auf mich zurück.

Dienstag:

Von einem tiefen Glücksgefühl erfüllt, schlief ich wieder ein, erwachte frisch und betrachtete mich lachend im Spiegel: solche Träume hat man nur in der Hauptstadt. Während ich mich noch rasierte, der erste Anruf von Inn. (So nenne ich meine alte Freundin Inniga von Zaster-Pehnunz, aus jungem Adel, aber altem Geschlecht: Innigas Vater, Ernst von Zaster, wurde zwar von Wilhelm dem Zweiten erst zwei Tage vor dessen Abdankung geadelt, doch habe ich keine Bedenken, Inn als ebenbürtige Freundin anzusehen.)

Inn war am Telefon – wie immer – süß, flocht einigen Klatsch ein und gab mir auf ihre Weise zu verstehen, daß das Projekt, um dessentwillen ich in die Hauptstadt gekommen bin, bestens vorangeht. »Der Weizen blüht«, sagte sie leise, und dann, nach einer winzigen Pause: »Heute noch wird das Baby getauft.« Sie hängte schnell ein, um zu verhindern, daß ich in meiner Ungeduld Fragen stellte. Nachdenklich ging ich ins Frühstückszimmer hinunter: Ob sie tatsächlich schon die Grundsteinlegung gemeint hat? Noch sind meinem aufrichtig-kernigen Soldatengemüt Inns Verschlüsselungen unklar.

Im Frühstücksraum wieder diese Fülle markiger Gesichter, vorwiegend guter Rasse: meiner Gewohnheit gemäß vertrieb ich mir die Zeit, indem ich mir vorstellte, wer für welche Stellung wohl zu gebrauchen sei, noch bevor mein Ei geschält war, hatte ich zwei Regimentsstäbe bestens besetzt, einen Divisionsstab, und es blieben noch Kandidaten für den Generalstab übrig; das sind so Planspiele, wie sie einem alten Menschenkenner wie mir liegen. Die Erinnerung an den Traum erhöhte meine gute Stimmung: merkwürdig, durch einen Wald von Denkmälern zu spazieren, auf deren Sockeln man sich selber erblickt. Merkwürdig. Ob die Psychologen wirklich schon alle Tiefen des Ich erforscht haben?

Ich ließ mir meinen Kaffee in die Halle bringen, rauchte eine Zigarre und beobachtete lächelnd die Uhr: 9.56 Uhr – ob Heffling pünktlich sein würde? Ich hatte ihn sechs Jahre lang nicht gesehen, wohl hin und wieder mit ihm korrespondiert (den üblichen Postkartenwechsel, den man mit Untergebenen im Mannschaftsrang pflegt).

Tatsächlich ertappte ich mich dabei, um Hefflings Pünktlichkeit zu zittern; ich neige eben dazu, alles symptomatisch zu sehen: Hefflings Pünktlichkeit wurde für mich zu *der* Pünktlichkeit der Mannschaftsdienstgrade. Gerührt dachte ich an den Ausspruch meines alten Divisiöners Welk von Schnomm, der zu sagen pflegte: »Macho, Sie sind und bleiben ein Idealist.« (Das Grabschmuckabonnement für Schnomms Grab erneuern!)

Bin ich ein Idealist? Ich versank in Grübeln, bis Hefflings Stimme mich aufweckte: ich blickte zuerst auf die Uhr: zwei Minuten nach zehn (dieses winzige Reservat an Souveränität habe ich ihm immer belassen) – dann ihn an: fett ist der Bursche geworden, Rattenspeck um den Hals herum, das Haar gelichtet, doch immer noch das phallische Funkeln in seinen Augen, und sein »Zur Stelle, Herr Oberst« klang wie in alter Zeit. »Heffling!« rief ich, klopfte ihm auf die Schultern und bestellte einen Doppelkorn für ihn. Er nahm Haltung an, während er den Schnaps vom Tablett des Kellners nahm; ich zupfte ihn am Ärmel, führte ihn in die Ecke, und bald waren wir in Erinnerungen vertieft: »Damals bei Schwichi-Schwaloche, wissen Sie noch, die neunte . . . ?« Wohltuend zu bemerken, wie wenig der kernige Geist des Volkes von modischen Imponderabilien angefressen werden kann; da findet sich doch immer noch die lodenmantelige Biederkeit, das herzhafte Männerlachen und stets die Bereitschaft zu einer kräftigen Zote. Während Heffling mir einige Varianten des uralten Themas zuflüsterte, beobachtete ich, daß Murcks-Maloche – verabredungsgemäß, ohne mich anzusprechen – die Halle betrat und in den hinteren Räumen des Restaurants verschwand. Ich gab Heffling durch einen Blick auf meine Armbanduhr zu verstehen, daß ich eilig sei, und mit dem gesunden Takt des einfachen Volkes begriff er gleich, daß er zu gehen habe. »Besuchen Sie uns einmal, Herr Oberst, meine Frau würde sich freuen.« Herzhaft lachend gingen wir zusammen zur Portiersloge, und ich versprach Heffling, ihn zu besuchen. Vielleicht bahnte sich ein kleines Abenteuer mit seiner Frau an; hin und wieder habe ich Appetit auf die derbe Erotik der niederen Klassen, und man weiß nie, welche Pfeile Amor in seinem Köcher noch in Reserve hält.

Ich nahm neben Murcks Platz, ließ Hennessy kommen und sagte, nachdem der Kellner gegangen war, in meiner direkten Art:

»Nun, schieß los, ist es wirklich soweit?«

»Ja, wir haben's geschafft.« Er legte seine Hand auf meine, sagte flüsternd: »Ich bin ja so froh, so froh, Macho.«

»Auch ich freue mich«, sagte ich warm, »daß einer meiner Jugendträume Wirklichkeit geworden ist. Und das in einer Demokratie.«

»Eine Demokratie, in der wir die Mehrheit des Parlaments auf unserer Seite haben, ist weitaus besser als eine Diktatur.«

Ich spürte das Bedürfnis, mich zu erheben; mir war feierlich zumute; historische Augenblicke haben mich immer ergriffen. »Murcks«, sagte ich mit tränenerstickter Stimme, »es ist also wirklich wahr?«

»Es ist wahr, Macho«, sagte er.

»Sie steht?«

»Sie steht . . . heute wirst du die Einweihungsrede halten. Der erste Lehrgang ist schon einberufen. Vorläufig sind die Teilnehmer noch in Hotels untergebracht, bis das Projekt öffentlich deklariert werden kann.«

»Wird die Öffentlichkeit – wird sie es schlucken?«

»Sie wird es schlucken – sie schluckt alles«, sagte Murcks.

»Steh auf, Murcks«, sagte ich. »Trinken wir, trinken wir auf den Geist, dem dieses Gebäude dienen wird: auf den Geist militärischer Erinnerung!«

Wir stießen an und tranken.

Ich war zu ergriffen, als daß ich am Vormittag noch zu ernsthaften Unternehmungen fähig gewesen wäre; ruhelos ging ich auf mein Zimmer, von dort in die Halle, wanderte durch diese bezaubernde Stadt, nachdem Murcks ins Ministerium gefahren war. Obwohl ich Zivil trug, hatte ich das Gefühl, einen Degen hinter mir, neben mir herzuschleppen; es gibt Gefühle, die eigentlich nur in einer Uniform Platz haben. Wieder, während ich so durch die Stadt schlenderte, erfüllt von der Vorfreude auf das Tête-à-tête mit Inn, beschwingt von der Gewißheit, daß mein Plan Wirklichkeit geworden sei – wieder hatte ich allen Grund, mich eines Ausdrucks von Schnomm zu erinnern: »Macho, Macho«, pflegte er zu sagen, »immer mit dem Kopf in den Wolken.« Das sagte er auch damals, als mein Regiment nur noch aus dreizehn Männern bestand und ich vier von diesen Männern wegen Meuterei erschießen ließ.

Zur Feier des Tages genehmigte ich mir in der Nähe des Bahnhofs einen Aperitif, blätterte einige Zeitungen durch, studierte flüchtig ein paar Leitartikel zur Wehrpolitik und versuchte mir vorzustellen, was Schnomm – lebte er noch – gesagt hätte, würde er diese Artikel lesen. »Diese Christen«, hätte er gesagt, »diese Christen – wer hätte das von ihnen erwarten können!«

Endlich war es soweit, daß ich ins Hotel gehen und mich zum Rendezvous mit Inn umziehen konnte: Ihr Hupsignal – ein Beethovenmotiv – veranlaßte mich, aus dem Fenster zu blicken; aus ihrem zitronengelben Wagen winkte sie mir zu; zitronengelbes Haar, zitronengelbes Kleid, schwarze Handschuhe. Seufzend, nachdem ich ihr eine Kußhand zugeworfen, ging ich zum Spiegel, band meine Krawatte und stieg die Treppe hinunter; Inn wäre die richtige Frau für mich, doch ist sie schon siebenmal geschieden und begreiflicherweise dem Experiment Ehe gegenüber skeptisch; auch trennen uns weltanschauliche Abgründe: Sie stammt aus streng protestantischem, ich aus streng katholischem Geschlecht – immerhin verbinden uns Ziffern symbolisch: wie sie siebenmal geschieden ist, bin ich siebenmal verwundet. Inn!! Noch kann ich mich nicht ganz daran gewöhnen, auf der Straße geküßt zu werden . . .

Inn weckte mich gegen 16.17 Uhr: starken Tee und Ing-
wergebäck hatte sie bereit, und wir gingen schnell noch einmal das Material über Hürlanger-Hiß durch, den unvergesse-
nen Marschall, dessen Andenken wir das Haus zu weihen
gedenken.

Schon während ich, den Arm über Inns Schulter gelegt, in
Erinnerungen an ihr Liebesgeschenk verloren, noch einmal
die Akten über Hürlanger studierte, hörte ich Marschmusik;
Trauer beschlich mich, denn diese Musik, wie alle inneren
Erlebnisse dieses Tages, in Zivil zu erleben, fiel mir unsäg-
lich schwer.

Die Marschmusik und Inns Nähe lenkten mich vom Ak-
tenstudium ab; doch hatte Inn mir mündlich genügend berichtet, so daß ich für meine Rede gewappnet war. Es klingelte, als Inn mir die zweite Tasse Tee einschenkte; ich erschrak, aber Inn lächelte beruhigend. »Ein hoher Gast«, sagte
sie, als sie aus der Diele zurückkam, »ein Gast, den wir nicht
hier empfangen können.« Sie deutete schmunzelnd auf das
zerwühlte Bett, das noch in köstlicher Liebesunordnung da-
lag. »Komm«, sagte sie. Ich stand auf, folgte ihr etwas be-
nommen und war aufrichtig überrascht, in ihrem Salon mich
dem Verteidigungsminister gegenüberzusehen. Dessen auf-
richtig-derbes Gesicht glänzte. »General von Machorka-
Muff«, sagte er strahlend, »willkommen in der Hauptstadt!«

Ich traute meinen Ohren nicht. Schmunzelnd überreichte
mir der Minister meine Ernennungsurkunde.

Zurückblickend kommt es mir vor, als hätte ich einen Augenblick geschwankt und ein paar Tränen unterdrückt; doch
weiß ich nicht sicher, was sich wirklich in meinem Innern
abspielte; nur entsinne ich mich noch, daß mir entschlüpfte:
»Aber Herr Minister – die Uniform – eine halbe Stunde vor
Beginn der Feierlichkeiten . . .« Schmunzelnd – oh, die treff-
liche Biederkeit dieses Mannes! – blickte er zu Inn hinüber,
Inn schmunzelte zurück, zog einen geblümten Vorhang, der
eine Ecke des Zimmers abteilte, zurück, und da hing sie, hing
meine Uniform, ordengeschmückt . . . Die Ereignisse, die

Erlebnisse überstürzten sich in einer Weise, daß ich rückblickend nur noch in kurzen Stichworten ihren Gang notieren kann:

Wir erfrischten den Minister mit einem Trunk Bier, während ich mich in Inns Zimmer umzog.

Fahrt zum Grundstück, das ich zum ersten Male sah: außerordentlich bewegte mich der Anblick dieses Geländes, auf dem also mein Lieblingsprojekt Wirklichkeit werden soll: die ›Akademie für militärische Erinnerungen‹, in der jeder ehemalige Soldat vom Major aufwärts Gelegenheit haben soll, im Gespräch mit Kameraden, in Zusammenarbeit mit der kriegsgeschichtlichen Abteilung des Ministeriums seine Memoiren niederzulegen; ich denke, daß ein sechswöchiger Kursus genügen könnte, doch ist das Parlament bereit, die Mittel auch für Dreimonatskurse zur Verfügung zu stellen. Außerdem dachte ich daran, in einem Sonderflügel einige gesunde Mädchen aus dem Volke unterzubringen, die den von Erinnerungen hart geplagten Kameraden die abendlichen Ruhestunden versüßen könnten. Sehr viel Mühe habe ich darauf verwendet, die treffenden Inschriften zu finden. So soll der Hauptflügel in goldenen Lettern die Inschrift tragen: MEMORIA DEXTERA EST; der Mädchenflügel, in dem auch die Bäder liegen sollen, hingegen die Inschrift: BALNEUM ET AMOR MARTIS DECOR. Der Minister gab mir jedoch auf der Hinfahrt zu verstehen, diesen Teil meines Planes noch nicht zu erwähnen; er fürchtete – vielleicht mit Recht – den Widerspruch christlicher Fraktionskollegen, obwohl – wie er schmunzelnd meinte – über einen Mangel an Liberalisierung nicht geklagt werden könne.

Fahnen säumten das Grundstück, die Kapelle spielte: ›Ich hatt' einen Kameraden‹, als ich neben dem Minister auf die Tribüne zuschritt. Da der Minister in seiner gewohnten Bescheidenheit es ablehnte, das Wort zu ergreifen, stieg ich gleich aufs Podium, musterte erst die Reihe der angetretenen Kameraden, und, von Inn durch ein Augenzwinkern ermuntert, fing ich zu sprechen an:

»Herr Minister, Kameraden! Dieses Gebäude, das den Namen ›Hürlanger-Hiß-Akademie für militärische Erinnerungen‹ tragen soll, bedarf keiner Rechtfertigung. Einer Rechtfertigung aber bedarf der Name Hürlanger-Hiß, der lange – ich möchte sagen, bis heute – als diffamiert gegolten hat. Sie alle wissen, welcher Makel auf diesem Namen ruht: Als die Armee des Marschalls Emil von Hürlanger-Hiß bei Schwichi-Schwaloche den Rückzug antreten mußte, konnte Hürlanger-Hiß nur 8500 Mann Verluste nachweisen. Nach Berechnungen erfahrener Rückzugsspezialisten des Tapir – so nannten wir im vertrauten Gespräch Hitler, wie Sie wissen – hätte seine Armee aber bei entsprechendem Kampfesmut 12300 Mann Verluste haben müssen. Sie wissen auch, Herr Minister und meine Kameraden, wie schimpflich Hürlanger-Hiß behandelt wurde: Er wurde nach Biarritz strafversetzt, wo er an einer Hummervergiftung starb. Jahre – vierzehn Jahre insgesamt – hat diese Schmach auf seinem Namen geruht. Sämtliches Material über Hürlangers Armee fiel in die Hände der Handlanger des Tapir, später in die der Alliierten, aber heute, heute«, rief ich und machte eine Pause, um den folgenden Worten den nötigen Nachdruck zu verleihen – »heute kann als nachgewiesen gelten, und ich bin bereit, das Material der Öffentlichkeit vorzulegen, es kann als nachgewiesen gelten, daß die Armee unseres verehrten Marschalls bei Schwichi-Schwaloche Verluste von insgesamt 14700 Mann – ich wiederhole: 14700 Mann – gehabt hat; es kann damit als bewiesen gelten, daß seine Armee mit beispielloser Tapferkeit gekämpft hat, und sein Name ist wieder rein.«

Während ich den ohrenbetäubenden Applaus über mich ergehen ließ, bescheiden die Ovation von mir auf den Minister ablenkte, hatte ich Gelegenheit, in den Gesichtern der Kameraden zu lesen, daß auch sie von der Mitteilung überrascht waren; wie geschickt hat doch Inn ihre Nachforschungen betrieben!

Unter den Klängen von ›Siehst du im Osten das Morgenrot‹ nahm ich aus des Maurers Hand Kelle und Stein entgegen und mauerte den Grundstein ein, der ein Foto von Hürlanger-Hiß und eines seiner Achselstücke enthielt.

An der Spitze der Truppe marschierte ich vom Grundstück zur Villa ›Zum goldenen Zaster‹, die uns Inns Familie zur Verfügung gestellt hat, bis die Akademie fertig ist. Hier gab es einen kurzen, scharfen Umtrunk, ein Dankeswort des Ministers, die Verlesung eines Kanzlertelegramms, bevor der gesellige Teil anfing.

Der gesellige Teil wurde eröffnet durch ein Konzert für sieben Trommeln, das von sieben ehemaligen Generälen gespielt wurde; mit Genehmigung des Komponisten, eines Hauptmanns mit musischen Ambitionen, wurde verkündet, daß es das Hürlanger-Hiß-Gedächtnisseptett genannt werden solle. Der gesellige Teil wurde ein voller Erfolg: Lieder wurden gesungen, Anekdoten erzählt, Verbrüderungen fanden statt, aller Streit wurde begraben.

Mittwoch:
Es blieb uns gerade eine Stunde Zeit, uns auf den feierlichen Gottesdienst vorzubereiten; in lockerer Marschordnung zogen wir dann gegen 7.30 Uhr zum Münster. Inn stand in der Kirche neben mir, und es erheiterte mich, als sie mir zuflüsterte, daß sie in einem Oberst ihren zweiten, in einem Oberstleutnant ihren fünften und in einem Hauptmann ihren sechsten Mann erkannte. »Und dein achter«, flüsterte ich ihr zu, »wird ein General.« Mein Entschluß war gefaßt; Inn errötete; sie zögerte nicht, als ich sie nach dem Gottesdienst in die Sakristei führte, um sie dem Prälaten, der zelebriert hatte, vorzustellen. »Tatsächlich, meine Liebe«, sagte dieser, nachdem wir die kirchenrechtliche Situation besprochen hatten, »da keine Ihrer vorigen Ehen kirchlich geschlossen wurde, besteht kein Hindernis, Ihre Ehe mit Herrn General von Machorka-Muff kirchlich zu schließen.«

Unter solchen Auspizien verlief unser Frühstück, das wir à deux einnahmen, fröhlich; Inn war von einer neuen, mir unbekannten Beschwingtheit. »So fühle ich mich immer«, sagte sie, »wenn ich Braut bin.« Ich ließ Sekt kommen.

Um unsere Verlobung, die wir zunächst geheimzuhalten beschlossen, ein wenig zu feiern, fuhren wir zum Petersberg hinauf, wo wir von Inns Kusine, einer geborenen Zechine, zum Essen eingeladen waren. Inns Kusine war süß.

Nachmittag und Abend gehörten ganz der Liebe, die Nacht dem Schlaf.

Donnerstag:
Noch kann ich mich nicht ganz daran gewöhnen, daß ich nun hier wohne und arbeite; es ist zu traumhaft! hielt am Morgen mein erstes Referat: ›Die Erinnerung als geschichtlicher Auftrag‹.

Mittags Ärger. Murcks-Maloche besuchte mich im Auftrage des Ministers in der Villa ›Zum goldenen Zaster‹ und berichtete über eine Mißfallensäußerung der Opposition unserem Akademieprojekt gegenüber.

»Opposition«, fragte ich, »was ist das?«

Murcks klärte mich auf. Ich fiel wie aus allen Wolken. »Was ist denn nun«, fragte ich ungeduldig, »haben wir die Mehrheit oder haben wir sie nicht?«

»Wir haben sie«, sagte Murcks.

»Na also«, sagte ich. Opposition – merkwürdiges Wort, das mir keineswegs behagt; es erinnert mich auf eine so fatale Weise an Zeiten, die ich vergangen glaubte.

Inn, der ich beim Tee über meinen Ärger berichtete, tröstete mich.

»Erich«, sagte sie und legte mir ihre kleine Hand auf den Arm, »unserer Familie hat noch keiner widerstanden.«

Seit einigen Wochen versuche ich, nicht mit Leuten in Kontakt zu kommen, die mich nach meinem Beruf fragen könnten; wenn ich die Tätigkeit, die ich ausübe, wirklich benennen müßte, wäre ich gezwungen, eine Vokabel auszusprechen, die den Zeitgenossen erschrecken würde. So ziehe ich den abstrakten Weg vor, meine Bekenntnisse zu Papier zu bringen.

Vor einigen Wochen noch wäre ich jederzeit zu einem mündlichen Bekenntnis bereit gewesen; ich drängte mich fast dazu, nannte mich Erfinder, Privatgelehrter, im Notfall Student, im Pathos der beginnenden Trunkenheit: verkanntes Genie. Ich sonnte mich in dem fröhlichen Ruhm, den ein zerschlissener Kragen ausstrahlen kann, nahm mit prahlerischer Selbstverständlichkeit den zögernd gewährten Kredit mißtrauischer Händler in Anspruch, die Margarine, Kaffee-Ersatz und schlechten Tabak in meinen Manteltaschen verschwinden sahen; ich badete mich im Air der Ungepflegtheit und trank zum Frühstück, trank mittags und abends den Honigseim der Bohème: das tiefe Glücksgefühl, mit der Gesellschaft nicht konform zu sein.

Doch seit einigen Wochen besteige ich jeden Morgen gegen 7.30 Uhr die Straßenbahn an der Ecke Roonstraße, halte bescheiden wie alle anderen dem Schaffner meine Wochenkarte hin, bin mit einem grauen Zweireiher, einem grünen Hemd, grünlich getönter Krawatte bekleidet, habe mein Frühstücksbrot in einer flachen Aluminiumdose, die Morgenzeitung, zu einer leichten Keule zusammengerollt, in der Hand. Ich biete den Anblick eines Bürgers, dem es gelungen ist, der Nachdenklichkeit zu entrinnen. Nach der dritten Haltestelle stehe ich auf, um meinen Sitzplatz einer der älteren Arbeiterinnen anzubieten, die an der Behelfsheimsiedlung zusteigen. Wenn ich meinen Sitzplatz sozialem Mitgefühl geopfert habe, lese ich stehend weiter in der Zeitung, erhebe hin und wieder schlichtend meine Stimme, wenn der morgendliche Ärger die Zeitgenossen ungerecht macht; ich korrigiere die gröbsten politischen und geschichtlichen Irrtümer (etwa indem ich die Mitfahrenden darüber aufkläre, daß zwischen SA und USA ein gewisser Unterschied bestehe); sobald jemand eine Zigarette in den Mund steckt, halte ich ihm diskret mein Feuerzeug unter die Nase und entzünde ihm mit der winzigen, doch zuverlässigen Flamme die Morgenzigarette. So vollende ich das Bild eines gepflegten Mitbürgers, der noch jung genug ist, daß man die Bezeichnung »wohlerzogen« auf ihn anwenden kann.

Offenbar ist es mir gelungen, mit Erfolg jene Maske aufzusetzen, die Fragen nach meiner Tätigkeit ausschließt. Ich gelte wohl als ein gebildeter Herr, der Handel mit Dingen treibt, die wohlverpackt und wohlriechend sind: Kaffee, Tee, Gewürze, oder mit kostbaren kleinen Gegenständen, die dem Auge angenehm sind: Juwelen, Uhren; der seinen Beruf in einem angenehm altmodischen Kontor ausübt, wo dunkle Ölgemälde handeltreibender Vorfahren an der Wand hängen; der gegen zehn mit seiner Gattin telefoniert, seiner scheinbar leidenschaftslosen Stimme eine Färbung von Zärtlichkeit zu geben vermag, aus der Liebe und Sorge herauszuhören sind. Da ich auch an den üblichen Scherzen teilnehme, mein Lachen nicht verweigere, wenn der städtische Verwaltungsbeamte jeden Morgen an der Schlieffenstraße in die Bahn brüllt: »Macht mir den linken Flügel stark!« (war es nicht eigentlich der rechte?), da ich weder mit meinem Kommentar zu den Tagesereignissen noch zu den Totoergebnissen zurückhalte, gelte ich wohl als jemand, der, wie die Qualität des Anzugstoffes beweist, zwar wohlhabend ist, dessen Lebensgefühl aber tief in den Grundsätzen der Demokratie wurzelt. Das Air der Rechtschaffenheit umgibt mich wie der gläserne Sarg Schneewittchen umgab.

Wenn ein überholender Lastwagen dem Fenster der Straßenbahn für einen Augenblick Hintergrund gibt, kontrolliere ich den Ausdruck meines Gesichts: ist es nicht doch zu nachdenklich, fast schmerzlich? Beflissen korrigiere ich den Rest von Grübelei weg und versuche, meinem Gesicht den Ausdruck zu geben, den es haben soll: weder zurückhaltend noch vertraulich, weder oberflächlich noch tief.

Mir scheint, meine Tarnung ist gelungen, denn wenn ich am Marienplatz aussteige, mich im Gewirr der Altstadt verliere, wo es angenehm altmodische Kontore, Notariatsbüros und diskrete Kanzleien genug gibt, ahnt niemand, daß ich durch einen Hintereingang das Gebäude der ›Ubia‹ betrete, die sich rühmen kann, dreihundertfünfzig Menschen Brot zu geben und das Leben von vierhunderttausend versichert zu haben. Der Pförtner empfängt mich am Lieferanteneingang, lächelt mir zu, ich schreite an ihm vorüber, steige in den Keller hinunter und nehme meine Tätigkeit auf, die beendet sein muß, wenn die Angestellten um 8.30 Uhr in die Büroräume strömen. Die Tätigkeit, die ich im Keller dieser honorigen Firma morgens zwischen 8.00 und 8.30 Uhr ausübe, dient ausschließlich der Vernichtung. Ich werfe weg.

Jahre habe ich damit verbracht, meinen Beruf zu erfinden, ihn kalkulatorisch plausibel zu machen; ich habe Abhandlungen geschrieben; graphische Darstellungen bedeckten – und bedecken noch – die Wände meiner Wohnung. Ich bin Abzissen entlang, Ordinaten hinaufgeklettert, jahrelang. Ich schwelgte in Theorien und genoß den eisigen Rausch, den Formeln auslösen können. Doch seitdem ich meinen Beruf praktiziere, meine Theorien verwirklicht sehe, erfüllt mich jene Trauer, wie sie einen General erfüllen mag, der aus den Höhen der Strategie in die Niederungen der Taktik hinabsteigen mußte.

Ich betrete meinen Arbeitsraum, wechsele meinen Rock mit einem grauen Arbeitskittel und gehe unverzüglich an die Arbeit. Ich öffne die Säcke, die der Pförtner in den frühen Morgenstunden von der Hauptpost geholt hat, entleere sie in die beiden Holztröge, die, nach meinen Entwürfen angefertigt, rechts und links oberhalb meines Arbeitstisches an der Wand hängen. So brauche ich nur, fast wie ein Schwimmer, meine Hände auszustrecken und beginne, eilig die Post zu sortieren. Ich trenne zunächst die Drucksachen von den Briefen, eine reine Routinearbeit, da der Blick auf die Frankierung genügt. Die Kenntnis des Posttarifs erspart mir bei dieser Arbeit differenzierte Überlegungen. Geübt durch jahrelange Experimente, habe ich diese Arbeit innerhalb einer halben Stunde getan, es ist halb neun geworden: ich höre über meinem Kopf die Schritte der Angestellten, die in die Büroräume strömen. Ich klingele dem Pförtner, der die aussortierten Briefe an die einzelnen Abteilungen bringt. Immer wieder stimmt es mich traurig, den Pförtner in einem Blechkorb von der Größe eines Schulranzens wegtragen zu sehen, was vom Inhalt dreier Postsäcke übrigblieb. Ich könnte triumphieren; denn dies: die Rechtfertigung meiner Wegwerftheorie, ist jahrelang der Gegenstand meiner privaten Studien gewesen; doch merkwürdigerweise triumphiere ich nicht. Recht behalten zu haben, ist durchaus nicht immer ein Grund, glücklich zu sein.

Wenn der Pförtner gegangen ist, bleibt noch die Arbeit, den großen Berg von Drucksachen daraufhin zu untersuchen, ob sich nicht doch ein verkappter, falsch frankierter Brief, eine als Drucksache geschickte Rechnung darunter befindet. Fast immer ist diese Arbeit überflüssig, denn die Korrektheit im Postverkehr ist geradezu überwältigend. Hier muß ich gestehen, daß meine Berechnungen nicht stimmten: ich hatte die Zahl der Portobetrüger überschätzt.

Selten einmal ist eine Postkarte, ein Brief, eine als Drucksache geschickte Rechnung meiner Aufmerksamkeit entgangen; gegen halb zehn klingele ich dem Pförtner, der die restlichen Objekte meines aufmerksamen Forschens an die Abteilungen bringt.

Nun ist der Zeitpunkt gekommen, wo ich einer Stärkung bedarf. Die Frau des Pförtners bringt mir meinen Kaffee, ich nehme mein Brot aus der flachen Aluminiumdose, frühstücke und plaudere mit der Frau des Pförtners über ihre Kinder.

Ist Alfred inzwischen im Rechnen etwas besser geworden? Hat Gertrud die Lücken im Rechtschreiben ausfüllen können? Alfred hat sich im Rechnen nicht gebessert, während Gertrud die Lücken im Rechtschreiben ausfüllen konnte. Sind die Tomaten ordentlich reif geworden, die Kaninchen fett, und ist das Experiment mit den Melonen geglückt? Die Tomaten sind nicht ordentlich reif geworden, die Kaninchen aber fett, während das Experiment mit den Melonen noch unentschieden steht. Ernste Probleme, ob man Kartoffeln einkellern soll oder nicht, erzieherische Fragen, ob man seine Kinder aufklären oder sich von ihnen aufklären lassen soll, unterziehen wir leidenschaftlicher Betrachtung.

Gegen elf verläßt mich die Pförtnersfrau, meistens bittet sie mich, ihr einige Reiseprospekte zu überlassen; sie sammelt sie, und ich lächele über die Leidenschaft, denn ich habe den Reiseprospekten eine sentimentale Erinnerung bewahrt; als Kind sammelte auch ich Reiseprospekte, die ich aus meines Vaters Papierkorb fischte. Früh schon beunruhigte mich die Tatsache, daß mein Vater Briefschaften, die er gerade vom Postboten entgegengenommen hatte, ohne sie anzuschauen, in den Papierkorb warf. Dieser Vorgang verletzte den mir angeborenen Hang zur Ökonomie: da war etwas entworfen, aufgesetzt, gedruckt, war in einen Umschlag gesteckt, frankiert worden, hatte die geheimnisvollen Kanäle passiert, durch die die Post unsere Briefschaften tatsächlich an unsere Adresse gelangen läßt; es war mit dem Schweiß des Zeichners, des Schreibers, des Druckers, des frankierenden Lehrlings befrachtet; es hatte – auf verschiedenen Ebenen und in verschiedenen Tarifen – Geld gekostet; alles dies nur, auf daß es, ohne auch nur eines Blickes gewürdigt zu werden, in einem Papierkorb ende?

Ich machte mir als Elfjähriger schon zur Gewohnheit, das Weggeworfene, sobald mein Vater ins Amt gegangen war, aus dem Papierkorb zu nehmen, es zu betrachten, zu sortieren, es in einer Truhe, die mir als Spielzeugkiste diente, aufzubewahren. So war ich schon als Zwölfjähriger im Besitz einer stattlichen Sammlung von Rieslingsangeboten, besaß Kataloge für Kunsthonig und Kunstgeschichte, meine Sammlung an Reiseprospekten wuchs sich zu einer geographischen Enzyklopädie aus; Dalmatien war mir so vertraut wie die Fjorde Norwegens, Schottland mir so nahe wie Zakopane, die böhmischen Wälder beruhigten mich, wie die Wogen des Atlantik mich beunruhigten; Scharniere wurden mir angeboten, Eigenheime und Knöpfe, Parteien baten um meine Stimme, Stiftungen um mein Geld; Lotterien versprachen mir Reichtum, Sekten mir Armut. Ich überlasse es der Phantasie des Lesers, sich auszumalen, wie meine Sammlung aussah, als ich siebzehn Jahre alt war und in einem Anfall plötzlicher Lustlosigkeit meine Sammlung einem Altwarenhändler anbot, der mir sieben Mark und sechzig Pfennig dafür zahlte.

Der mittleren Reife inzwischen teilhaftig, trat ich in die Fußstapfen meines Vaters und setzte meinen Fuß auf die erste Stufe jener Leiter, die in den Verwaltungsdienst hinaufführt.

Für die sieben Mark und sechzig Pfennig kaufte ich mir einen Stoß Millimeterpapier, drei Buntstifte, und mein Versuch, in der Verwaltungslaufbahn Fuß zu fassen, wurde ein schmerzlicher Umweg, da ein glücklicher Wegwerfer in mir schlummerte, während ich einen unglücklichen Verwaltungslehrling abgab. Meine ganze Freizeit gehörte umständlichen Rechnereien. Stoppuhr, Bleistift, Rechenschieber, Millimeterpapier blieben die Requisiten meines Wahns; ich rechnete aus, wieviel Zeit es erforderte, eine Drucksache kleinen, mittleren, großen Umfangs, bebildert, unbebildert, zu öffnen, flüchtig zu betrachten, sich von ihrer Nutzlosigkeit zu überzeugen, sie dann in den Papierkorb zu werfen; ein Vorgang, der minimal fünf Sekunden Zeit beansprucht, maximal fünfundzwanzig; übt die Drucksache Reiz aus, in Text und Bildern, können Minuten, oft Viertelstunden angesetzt werden. Auch für die Herstellung der Drucksachen errechnete ich, indem ich mit Druckereien Scheinverhandlungen führte, die minimalen Herstellungskosten. Unermüdlich prüfte ich die

Ergebnisse meiner Studien nach, verbesserte sie (erst nach zwei Jahren etwa fiel mir ein, daß auch die Zeit der Reinigungsfrauen, die Papierkörbe zu leeren haben, in meine Berechnungen einzubeziehen sei); ich wandte die Ergebnisse meiner Forschungen auf Betriebe an, in denen zehn, zwanzig, hundert oder mehr Angestellte beschäftigt sind, und kam zu Ergebnissen, die ein Wirtschaftsexperte ohne Zögern als alarmierend bezeichnet hätte.

Einem Drang zur Loyalität folgend, bot ich meine Erkenntnisse zuerst meiner Behörde an; doch, hatte ich auch mit Undank gerechnet, so erschreckte mich doch das Ausmaß des Undanks; ich wurde der Nachlässigkeit im Dienst bezichtigt, des Nihilismus verdächtigt, für geisteskrank erklärt und entlassen; ich gab, zum Kummer meiner guten Eltern, die verheißungsvolle Laufbahn preis, fing neue an, brach auch diese ab, verließ die Wärme des elterlichen Herds und aß – wie ich schon sagte – das Brot des verkannten Genies. Ich genoß die Demütigung des vergeblichen Hausierens mit meiner Erfindung, verbrachte vier Jahre im seligen Zustand der Asozialität, so konsequent, daß meine Lochkarte in der Zentralkartei, nachdem sie mit dem Merkmal für geisteskrank längst gelocht war, das Geheimzeichen für asozial eingestanzt bekam.

Angesichts solcher Umstände wird jeder begreifen, wie erschrocken ich war, als endlich jemandem – dem Direktor der ›Ubia‹ – das Einleuchtende meiner Überlegungen einleuchtete; wie tief traf mich die Demütigung, eine grüngetönte Krawatte zu tragen, doch muß ich weiter in Verkleidung einhergehen, da ich vor Entdeckung zittere. Ängstlich versuche ich, meinem Gesicht, wenn ich den Schlieffen-Witz belache, den richtigen Ausdruck zu geben, denn keine Eitelkeit ist größer als die der Witzbolde, die morgens die Straßenbahn bevölkern. Manchmal auch fürchte ich, daß die Bahn voller Menschen ist, die am Vortag eine Arbeit geleistet haben, die ich am Morgen noch vernichten werde: Drucker, Setzer, Zeichner, Schriftsteller, die sich als Werbetexter betätigen, Graphiker, Einlegerinnen, Packerinnen, Lehrlinge der verschiedensten Branchen: von acht bis halb neun Uhr morgens vernichte ich doch rücksichtslos die Erzeugnisse ehrbarer Papierfabriken, würdiger Druckereien, graphischer Genies, die Texte begabter Schriftsteller; Lackpapier, Glanzpapier, Kupfertiefdruck, alles bündele ich ohne die geringste Sentimentalität, so, wie es aus dem Postsack kommt, für den Altpapierhändler zu handlichen Paketen zurecht. Ich vernichte innerhalb einer Stunde das Ergebnis von zweihundert Arbeitsstunden, erspare der ›Ubia‹ weitere hundert Stunden, so daß ich insgesamt (hier muß ich in meinen eigenen Jargon verfallen) ein Konzentrat von 1:300 erreiche. Wenn die Pförtnersfrau mit der leeren Kaffeekanne und den Reiseprospekten gegangen ist, mache ich Feierabend. Ich wasche meine Hände, wechsle meinen Kittel mit dem Rock, nehme die Morgenzeitung, verlasse durch den Hintereingang das Gebäude der ›Ubia‹. Ich schlendere durch die Stadt und denke darüber nach, wie ich der Taktik entfliehen und in die Strategie zurückkehren könnte. Was mich als Formel berauschte, enttäuscht mich, da es sich als so leicht ausführbar erweist. Umgesetzte Strategie kann von Handlangern getan werden. Wahrscheinlich werde ich Wegwerferschulen einrichten. Vielleicht auch werde ich versuchen, Wegwerfer in die Postämter zu setzen, möglicherweise in die Druckereien; man könnte gewaltige Energien, Werte und Intelligenzen nutzen, könnte Porto sparen, vielleicht gar so weit kommen, daß Prospekte zwar noch erdacht, gezeichnet, aufgesetzt, aber nicht mehr gedruckt werden. Alle diese Probleme bedürfen noch des gründlichen Studiums.

Doch die reine Postwegwerferei interessiert mich kaum noch; was daran noch gebessert werden kann, ergibt sich aus der Grundformel. Längst schon bin ich mit Berechnungen beschäftigt, die sich auf das Einwickelpapier und die Verpackung beziehen: hier ist noch Brachland, nichts ist bisher geschehen, hier gilt es noch, der Menschheit jene nutzlosen Mühen zu ersparen, unter denen sie stöhnt. Täglich werden

Milliarden Wegwerfbewegungen gemacht, werden Energien verschwendet, die, könnte man sie nutzen, ausreichen würden, das Antlitz der Erde zu verändern. Wichtig wäre es, in Kaufhäusern zu Experimenten zugelassen zu werden; ob man auf die Verpackung verzichten oder gleich neben dem Packtisch einen geübten Wegwerfer postieren soll, der das eben Eingepackte wieder auspackt und das Einwickelpapier sofort für den Altpapierhändler zurechtbündelt? Das sind Probleme, die erwogen sein wollen. Es fiel mir jedenfalls auf, daß in vielen Geschäften die Kunden flehend darum bitten, den gekauften Gegenstand nicht einzupacken, daß sie aber gezwungen werden, ihn verpacken zu lassen. In den Nervenkliniken häufen sich die Fälle von Patienten, die beim Auspacken einer Flasche Parfüm, einer Dose Pralinen, beim Öffnen einer Zigarettenschachtel einen Anfall bekamen, und ich studiere jetzt eingehend den Fall eines jungen Mannes aus meiner Nachbarschaft, der das bittere Brot des Buchrezensenten aß, zeitweise aber seinen Beruf nicht ausüben konnte, weil es ihm unmöglich war, den geflochtenen Draht zu lösen, mit dem die Päckchen umwickelt waren, und der, selbst wenn ihm diese Kraftanstrengung gelänge, nicht die massive Schicht gummierten Papiers zu durchdringen vermöchte, mit der die Wellpappe zusammengeklebt ist. Der junge Mann macht einen verstörten Eindruck und ist dazu übergegangen, die Bücher ungelesen zu besprechen und die Päckchen, ohne sie auszupacken, in sein Bücherregal zu stellen. Ich überlasse es der Phantasie des Lesers, sich auszumalen, welche Folgen für unser geistiges Leben dieser Fall haben könnte.

Wenn ich zwischen elf und eins durch die Stadt spaziere, nehme ich vielerlei Einzelheiten zur Kenntnis; unauffällig verweile ich in den Kaufhäusern, streiche um die Packtische herum; ich bleibe vor Tabakläden und Apotheken stehen, nehme kleine Statistiken auf; hin und wieder kauf ich auch etwas, um die Prozedur der Sinnlosigkeit an mir selber vollziehen zu lassen und herauszufinden, wieviel Mühe es braucht, den Gegenstand, den man zu besitzen wünscht, wirklich in die Hand zu bekommen.

So vollende ich zwischen elf und eins in meinem tadellosen Anzug das Bild eines Mannes, der wohlhabend genug ist, sich ein wenig Müßiggang zu leisten; der gegen eins in ein gepflegtes kleines Restaurant geht, sich zerstreut das beste Menü aussucht und auf den Bierdeckel Notizen macht, die sowohl Börsenkurse wie lyrische Versuche sein können; der die Qualität des Fleisches mit Argumenten zu loben oder zu tadeln weiß, die dem gewiegtesten Kellner den Kenner verraten, und bei der Wahl des Nachtisches raffiniert zögert, ob er Käse, Kuchen oder Eis nehmen soll, und seine Notizen mit jenem Schwung abschließt, der beweist, daß es doch Börsenkurse waren, die er notierte. Erschrocken über das Ergebnis meiner Berechnungen verlasse ich das kleine Restaurant. Mein Gesicht wird immer nachdenklicher, während ich auf der Suche nach einem kleinen Café bin, wo ich die Zeit bis drei verbringen und die Abendzeitung lesen kann. Um drei betrete ich wieder durch den Hintereingang das Gebäude der ›Ubia‹, um die Nachmittagspost zu erledigen, die fast ausschließlich aus Drucksachen besteht. Es erfordert kaum eine Viertelstunde Arbeitszeit, die zehn oder zwölf Briefe herauszusuchen; ich brauche mir danach nicht einmal die Hände zu waschen, ich klopfe sie nur ab, bringe dem Pförtner die Briefe, verlasse das Haus, besteige am Marienplatz die Straßenbahn, froh darüber, daß ich auf der Heimfahrt nicht über den Schlieffen-Witz zu lachen brauche. Wenn die dunkle Plane eines vorüberfahrenden Lastwagens dem Fenster der Straßenbahn Hintergrund gibt, sehe ich mein Gesicht: es ist entspannt, das bedeutet: nachdenklich, fast grüblerisch, und ich genieße den Vorteil, daß ich kein anderes Gesicht aufzusetzen brauche, denn keiner der morgendlichen Mitfahrer hat um diese Zeit schon Feierabend. An der Roonstraße steige ich aus, kaufe ein paar frische Brötchen, ein Stück Käse oder Wurst, gemahlenen Kaffee und gehe in meine kleine Wohnung hinauf, deren Wände mit graphischen Darstellungen, mit erregten Kurven bedeckt sind, zwischen Abszisse und Ordinate fange ich die Linien eines Fiebers ein, das immer höher steigt: keine einzige meiner Kurven senkt sich, keine einzige meiner Formeln verschafft mir Beruhigung. Unter der Last meiner ökonomischen Phantasie stöhnend, lege ich, während noch das Kaffeewasser brodelt, meinen Rechenschieber, meine Notizen, Bleistift und Papier zurecht.

Die Einrichtung meiner Wohnung ist karg, sie gleicht eher der eines Laboratoriums. Ich trinke meinen Kaffee im Stehen, esse rasch ein belegtes Brot, längst nicht mehr bin ich der Genießer, der ich mittags noch gewesen bin. Händewaschen, eine Zigarette angezündet, dann setze ich meine Stoppuhr in Gang und packe das Nervenstärkungsmittel aus, das ich am Vormittag beim Bummel durch die Stadt gekauft habe: äußeres Einwickelpapier, Zellophanhülle, Packung, inneres Einwickelpapier, die mit einem Gummiring befestigte Gebrauchsanweisung: siebenunddreißig Sekunden. Mein Nervenverschleiß beim Auspacken ist größer als die Nervenkraft, die das Mittel mir zu spenden vermöchte, doch mag dies subjektive Gründe haben, die ich nicht in meine Berechnungen einbeziehen will. Sicher ist, daß die Verpackung einen größeren Wert darstellt als der Inhalt, und daß der Preis für die fünfundzwanzig gelblichen Pillen in keinem Verhältnis zu ihrem Wert steht. Doch sind dies Erwägungen, die ins Moralische gehen könnten, und ich möchte mich grundsätzlich der Moral enthalten. Meine Spekulationsebene ist die reine Ökonomie.

Zahlreiche Objekte warten darauf, von mir ausgepackt zu werden, viele Zettel harren der Auswertung; grüne, rote, blaue Tusche, alles steht bereit. Es wird meistens spät, bis ich ins Bett komme, und wenn ich einschlafe, verfolgen mich meine Formeln, rollen ganze Welten nutzlosen Papiers über mich hin; manche Formeln explodieren wie Dynamit, das Geräusch der Explosion klingt wie ein großes Lachen: es ist mein eigenes, das Lachen über den Schlieffen-Witz, das meiner Angst vor dem Verwaltungsbeamten entspringt. Vielleicht hat er Zutritt zur Lochkartenkartei, hat meine Karte herausgesucht, festgestellt, daß sie nicht nur das Merkmal für »geisteskrank«, sondern auch das zweite, gefährlichere für »asozial« enthält. Nichts ist ja schwerer zu stopfen als solch ein winziges Loch in einer Lochkarte; möglicherweise ist mein Lachen über den Schlieffen-Witz der Preis für meine Anonymität. Ich würde nicht gern mündlich bekennen, was mir schriftlich leichter fällt: daß ich Wegwerfer bin.

Für die Bahnbeamten des Verwaltungsbezirks Wöhnisch ist der Bahnhof von Zimpren längst zum Inbegriff des Schrekkens geworden.

Ist jemand nachlässig im Dienst oder macht sich auf andere Weise bei seinen Vorgesetzten unbeliebt, so flüstert man sich zu: »Der, wenn der so weitermacht, wird noch nach Zimpren versetzt.« Und doch ist vor zwei Jahren noch eine Versetzung nach Zimpren der Traum aller Bahnbeamten des Verwaltungsbezirks Wöhnisch gewesen.

Als man nahe bei Zimpren erfolgreiche Erdölbohrungen vornahm, das flüssige Gold in meterdicken Strahlen aus der Erde quoll, stiegen die Grundstückspreise zunächst aufs Zehnfache. Doch warteten die klugen Bauern, bis der Preis, da auch nach vier Monaten noch das flüssige Gold in meterdicken Strahlen der Erde entströmte, aufs Hundertfache gestiegen war. Danach zog der Preis nicht mehr an, denn die Strahlen wurden dünner, achtzig, dreiundsechzig, schließlich vierzig Zentimeter dick; bei dieser Dicke blieb es ein halbes Jahr lang, und die Grundstückspreise, die erst aufs Fünfzigfache des Originalpreises gefallen waren, stiegen wieder aufs Neunundsechzigfache. Die Aktien der ›Sub Terra Spes‹ wurden nach vielen Schwankungen endlich stabil.

Nur eine einzige Person in Zimpren hatte diesem unverhofften Segen widerstanden: die sechzigjährige Witwe Klipp, die mit ihrem schwachsinnigen Knecht Goswin weiterhin ihr Land bebaute, während um ihre Felder herum Kolonien von Wellblechbaracken, Verkaufsbuden, Kinos entstanden, Arbeiterkinder in öligen Pfützen »Prospektor« spielten. Bald erschienen in soziologischen Fachzeitschriften die ersten Studien über das Phänomen Zimpren, gescheite Arbeiten, geschickte Analysen, die in den entsprechenden Kreisen entsprechendes Aufsehen erregten. Es wurde auch ein Reportage-Roman ›Himmel und Hölle von Zimpren‹ geschrieben, ein Film gedreht, und eine junge Adlige veröffentlichte in einer illustrierten Zeitung ihre höchst dezenten Memoiren ›Als Straßenmädchen in Zimpren‹. Die Bevölkerungszahl von Zimpren stieg innerhalb von zwei Jahren von dreihundertsiebenundachtzig auf sechsundfünfzigtausendachthundertneunzehn.

Die Bahnverwaltung hatte sich rasch auf den neuen Segen eingestellt: ein großes, modernes Bahnhofsgebäude mit großem Wartesaal, Benzinbad, Aktualitätenkino, Buchhandlung, Speisesaal und Güterabfertigung wurde mit einer Geschwindigkeit errichtet, die der fälschlicherweise für sprichwörtlich gehaltenen Langsamkeit der Bahnverwaltung offensichtlich widersprach. Der Chef des Verwaltungsbezirks Wöhnisch gab eine Parole heraus, die noch lange in aller Munde blieb: »Die Zukunft unseres Bezirks liegt in Zimpren.« Verdiente Beamte, deren Beförderung bisher am Planstellenmangel gescheitert war, wurden nun rasch befördert, nach Zimpren versetzt, und auf diese Weise sammelten sich in Zimpren die besten Kräfte des Bezirks. Zimpren wurde in einer rasch einberufenen außerordentlichen Sitzung der Fahrplankommission zur D-Zug-Station erhoben. Die Entwicklung gab zunächst diesem Eifer recht: immer noch strömten zahlreiche Arbeitsuchende nach Zimpren und standen begierig vor den Personalbüros Schlange.

In den Kneipen, die sich in Zimpren auftaten, wurden die gute Witwe Klipp und ihr Knecht Goswin zu beliebten Gestalten; als folkloristischer Überrest, Repräsentanten der Urbevölkerung, gaben beide überraschende Beweise ihrer Trinkfestigkeit und einer Neigung zu Sprüchen, die den Zugewanderten bald schon eine stete Quelle der Heiterkeit wurden. Gern spendeten sie Flora Klipp einige Glas Starkbier, um sie sagen zu hören: »Trauet der Erde nimmer, nimmer traut ihr, denn einhundertacht Zentimeter tief«; und Goswin wiederholte nach zwei, drei Schnäpsen, sooft es verlangt wurde, den Spruch, den die meisten seiner Zuhörer schon aus den Bekenntnissen der jungen Adligen kannten, die sich – zu Unrecht übrigens – auch intimer Beziehungen zu Goswin gerühmt hatte; wer Goswin ansprach, bekam zu hören: »Ihr werdet's ja sehen, sehen werdet ihr's.«

Inzwischen gedieh Zimpren unaufhaltsam; was ein ungeordnetes Gemeinwesen aus Baracken, Wellblechbuden, fragwürdigen Kneipen gewesen war, wurde eine wohlgeordnete kleine Stadt, die sogar einmal einen Kongreß von Städtebauern beherbergte. Die ›Sub Terra Spes‹ hatte es längst aufgegeben, der Witwe Klipp ihre Felder abzuschwatzen, die recht günstig in der Nähe des Bahnhofs gelegen waren und auf eine schlimme Weise zunächst die Entwicklung zu hindern schienen, später aber von klugen Architekten als »äußerst rares Dekorum« städtebaulich eingeplant und gepriesen wurden; so wuchsen Kohlköpfe, Kartoffeln und Rüben genau an der Stelle, wo die ›Sub Terra Spes‹ so gerne ihr Hauptverwaltungsgebäude und ein Schwimmbad für Ingenieure der gehobenen Laufbahn errichtet hätte.

Flora Klipp blieb unerbittlich, und Goswin wiederholte unerbittlich, wie die Respons einer Litanei, seinen Spruch: »Ihr werdet's ja sehen, sehen werdet ihr's.« Mit dem ihm eigenen Fleiß und mit Zärtlichkeit dünnte er weiterhin Rüben aus, pflanzte Kartoffeln in schnurgerader Reihe und beklagte in unartikulierten Lauten den öligen Ruß, der das Blattgrün verunzierte.

Es klang wie ein Gerücht, wurde auch wie ein solches geflüstert: daß die Erdölstrahlen dünner geworden seien; nicht vierzig Zentimeter seien sie mehr dick, sondern – so raunte man sich zu – sechsunddreißig; tatsächlich waren sie nur noch achtundzwanzig Zentimeter dick, und als man offiziell noch ihre Dicke mit vierunddreißig Zentimetern angab, betrug sie nur noch neunzehn. Die halbamtliche Lüge wurde so weit getrieben, daß man schließlich, als nichts, gar nichts mehr der geduldigen Erde entströmte, noch verkünden ließ, der Strahl sei noch fünfzehn Zentimeter dick. So ließ man das Öl, als es schon vierzehn Tage lang überhaupt nicht mehr strömte, offiziell weiterströmen; in nächtlicher Heimlichkeit wurde aus entfernt gelegenen Bohrzentren der ›Sub Terra Spes‹ in Tankwagen Öl herangebracht, das man der ahnungslosen Bahnverwaltung als Zimprensches Öl zur Verladung übergab. Doch setzte man in den offiziellen Produktionsberichten die Dicke des Strahls langsam herab: von fünfzehn auf zwölf, von zwölf auf sieben – und dann mit einem kühnen Sprung auf Null, wobei man das Versiegen als vorläufig bezeichnete, obwohl alle Eingeweihten wußten, daß es endgültig war.

Für den Bahnhof von Zimpren wurde gerade diese Zeit zu einer Blütezeit; wenn auch weniger Tankzüge mit Öl den Bahnhof verließen, so strömten die Arbeitsuchenden gerade jetzt mit einer Heftigkeit nach, die man der Geschicklichkeit des Pressechefs der ›Sub Terra Spes‹ zuschreiben muß; gleichzeitig aber strebten schon die Entlassenen von Zimpren weg, und selbst jene, die beim Abbau der Anlagen noch ganz gut für ein Jahr hätten ihr Brot verdienen können, kündigten, von den Gerüchten beunruhigt, und so erlebten die Billettschalter und die Gepäckaufbewahrung einen solchen Andrang, daß der verzweifelte Bahnhofsvorsteher, der seine besten Beamten kurz vor dem Zusammenbruch sah, Verstärkung anforderte. Es wurde eine außerordentliche Sitzung des Verwaltungsrates anberaumt und rasch eine neue – die fünfzehnte – Planstelle für Zimpren bewilligt. Es soll – wenn man dem Geflüster der Leute glauben darf – auf dieser außerordentlichen Sitzung heiß hergegangen sein; viele Mitglieder des Verwaltungsrates waren gegen die Bewilligung einer neuen Planstelle, doch der Chef des Verwaltungsbezirks Wöhnisch soll gesagt haben: »Es ist unsere Pflicht, dem unberechtigten pessimistischen Gemurmel der Masse eine optimistische Geste entgegenzusetzen.«

Auch der Büfettier der Bahnhofsgaststätte in Zimpren erlebte einen Andrang, der dem am Fahrkartenschalter entsprach: die Entlassenen mußten ihre Verzweiflung, die Zuströmenden ihre Hoffnung begießen, bis schließlich, da sich beim Bier die Zungen rasch lösten, allabendlich eine beide Gruppen verbindende verzweifelte Sauferei stattfand. Bei diesen Saufereien stellte sich heraus, daß der schwachsinnige Goswin durchaus imstande war, seine Respons aus dem Futur ins Präsens zu transponieren, denn er sagte jetzt: »Nun seht ihr's, seht ihr's nun?«

Verzweifelt versuchte das gesamte höhere technische Personal der ›Sub Terra Spes‹, das Öl wieder zum Strömen zu bringen. Ein wettergebräunter, verwegen aussehender Mensch in cowboyartigem Gewand wurde aus fernen Gefilden per Flugzeug herangeholt; tagelang erschütterten gewaltige Sprengungen Erde und Menschen, doch auch dem Wettergebräunten gelang es nicht, auch nur einen einzigen Strahl von einem Millimeter Dicke aus der dunklen Erde zu locken. Von einem ihrer Äcker her, wo sie gerade Mohrrüben auszog, beobachtete Flora Klipp stundenlang einen sehr jungen Ingenieur, der verzweifelt einen Pumpenschwengel drehte; schließlich stieg sie über den Zaun, packte den jungen Mann an der Schulter, und da sie ihn weinen sah, nahm sie ihn an die Brust und sagte beschwichtigend: »Mein Gott, Junge, 'ne Kuh, die keine Milch mehr gibt, gibt nun mal keine Milch mehr.«

Da das Versiegen der Quellen so offensichtlich den Prognosen widersprach, wurde den immer düsterer klingenden Gerüchten als Würze eine Vokabel beigestreut, die die Gehirne ablenken sollte: Sabotage. Man scheute nicht davor zurück, Goswin zu verhaften, zu verhören, und obwohl man ihn mangels Beweises freisprechen mußte, so wurde doch eine Einzelheit aus seinem Vorleben bekanntgegeben, die manches Kopfschütteln verursachte: Er hatte in seiner Jugend zwei Jahre in einem Häuserblock gewohnt, in dem auch ein kommunistischer Straßenbahner gewohnt hatte. Nicht einmal die gute Flora Klipp wurde vom Mißtrauen verschont; es fand eine Haussuchung bei ihr statt, doch wurde nichts Belastendes gefunden außer einem roten Strumpfband, für dessen Existenz Flora Klipp einen Grund angab, der die Kommission nicht ganz überzeugte: sie sagte, sie habe in ihrer Jugend eben gern rote Strumpfbänder getragen.

Die Aktien der ›Sub Terra Spes‹ wurden so wohlfeil wie fallende Blätter im Herbst, und man gab als Grund für die Aufgabe des Unternehmens Zimpren bekannt: politische Ursachen, die bekanntzugeben dem Staatswohl widerspreche, zwängen sie, das Feld zu räumen.

Zimpren verödete rasch; Bohrtürme wurden abmontiert, Baracken versteigert, der Grundstückspreis fiel auf die Hälfte seines ursprünglichen Wertes, doch hatte nicht ein einziger Bauer Mut, sich auf dieser schmutzigen, zertrampelten Erde zu versuchen. Die Wohnblocks wurden auf Abbruch verkauft, Kanalisationsröhren aus der Erde gerissen. Ein ganzes Jahr lang war Zimpren das Dorado der Schrott- und Altwarenhändler, die nicht einmal die Güterabfertigung der Bahn frequentierten, da sie ihre Beute auf alten Lastwagen abtransportierten: Spinde und Spitaleinrichtungen, Biergläser, Schreibtische und Straßenbahnschienen wurden auf diese Weise aus Zimpren wieder weggeschleppt.

Lange Zeit hindurch bekam der Chef des Verwaltungsbezirks Wöhnisch täglich eine anonyme Postkarte mit dem Text: »Die Zukunft unseres Bezirks liegt in Zimpren.« Alle Versuche, den Absender ausfindig zu machen, blieben erfolglos. Noch ein halbes Jahr lang blieb Zimpren, da es in den internationalen Fahrplänen als solche verzeichnet war, D-Zug-Station. So hielten hitzig daherbrausende Fernzüge auf diesem nagelneuen Bahnhof mittlerer Größe, wo niemand ein- noch ausstieg; und gar mancher Reisende, der sich gähnend aus dem Fenster lehnte, fragte sich, was sich so mancher Reisende auf mancher Station fragt: »Wozu halten wir denn hier?« Und sah er richtig: standen Tränen in den Augen dieses intelligent aussehenden Bahnbeamten, der mit schmerzlich zuckender Hand den Winklöffel hochhielt, um den Zug zu verabschieden?

Der Reisende sah richtig: Bahnhofsvorsteher Weinert weinte wirklich; er, der sich seinerzeit von Hulkihn, einer

Eilzugstation ohne Zukunft, nach Zimpren hatte versetzen lassen, er sah hier seine Intelligenz, sah seine Erfahrung, seine administrative Begabung verschwendet. Und noch eine Person machte dem gähnenden Reisenden diese Station unvergeßlich: jener zerlumpte Kerl, der sich auf seine Rübenhacke stützte und dem Zug, der hinter der Schranke langsam anzog, nachbrüllte: »Nun, seht ihr's ja, seht ihr's nun?«

Im Laufe zweier trübseliger Jahre bildete sich in Zimpren zwar wieder eine Gemeinde, eine kleine nur, denn die kluge Flora Klipp hatte, als der Grundstückspreis endlich auf ein Zehntel seines ursprünglichen Wertes gefallen war, fast ganz Zimpren aufgekauft, nachdem der Boden von Altwaren- und Schrotthändlern gründlich gesäubert worden war; doch auch Frau Klipps Spekulation erwies sich als voreilig, da es ihr nicht gelang, ausreichend Personal zur Bewirtschaftung des Bodens nach Zimpren zu locken.

Das einzige, das unverändert in Zimpren blieb, war der neue Bahnhof; für einen Ort mit hunderttausend Einwohnern berechnet, diente er nun siebenundachtzig. Groß ist der Bahnhof, modern, mit allem Komfort ausgestattet. Die Bezirksverwaltung hatte seinerzeit nicht gezögert, den üblichen Prozentsatz der Bausumme zur künstlerischen Verschönerung auszuwerfen; so ziert ein riesiges Fresko des genialen Hans Otto Winkler die fensterlose Nordfront des Gebäudes; das Fresko, zu dem die Bahnverwaltung das Motto »Der Mensch und das Rad« gestellt hat, ist in köstlichen graugrünen, schwarzen und orangefarbenen Tönen ausgeführt, es stellt eine Kulturgeschichte des Rades dar, doch der einzige Betrachter blieb, da die Bahnbeamten die Nordseite mieden, lange Zeit der schwachsinnige Goswin, der angesichts des Freskos sein Mittagbrot verzehrte, als er das Gelände, das ursprünglich die Laderampe der ›Sub Terra Spes‹ bedeckte, für die Kartoffelaussaat vorbereitete.

Als der neue Fahrplan herauskam, in dem Zimpren endgültig als D-Zug-Station gestrichen wurde, brach der künstliche Optimismus der Bahnbeamten, den sie einige Monate lang zur Schau trugen, zusammen. Hatten sie sich mit dem Wort Krise zu trösten versucht, so war nun nicht mehr zu übersehen, daß die Permanenz des erreichten Zustandes das optimistische Wort Krise nicht mehr rechtfertigte. Immerhin bevölkerten fünfzehn Beamte – davon sechs mit Familie – den Bahnhof, an dem nun die D-Züge verächtlich durchbrausten; den täglich drei Güterzüge schweigend passierten, auf dem aber nur noch zwei Züge wirklich hielten: ein Personenzug, der von Senstetten kommt und nach Höhnkimme weiterfährt; ein anderer, der von Höhnkimme kommt und nach Senstetten fährt; tatsächlich bot Zimpren nur noch zwei Planstellen, während fünfzehn dort besetzt waren.

Der Chef des Verwaltungsbezirks schlug – kühn wie immer – vor, die Planstellen einfach abzuschaffen, die verdienten Beamten in aufstrebende Bahnhöfe zu versetzen, doch erhob der »Interessenverband der Bahnbeamten« gegen diesen Beschluß Einspruch und verwies – mit Recht – auf jenes Gesetz, das die Abschaffung einer Planstelle so unmöglich macht wie die Absetzung des Bundeskanzlers. Auch brachte der Interessenverband das Gutachten eines Erdölprospektors bei, der behauptete, man habe in Zimpren nicht tief genug gebohrt, habe vorzeitig die Flinte ins Korn geworfen. Es bestehe immer noch Hoffnung auf Erdöl in Zimpren, doch sei ja bekannt, daß die Prospektoren der ›Sub Terra Spes‹ nicht an Gott glaubten.

Der Streit zwischen Bahnverwaltung und Interessenverband schleppte sich von Instanz zu Instanz, gelangte vors Präzedenzgericht, das sich gegen die Bahnverwaltung entschied – und so bleiben die Planstellen in Zimpren bestehen und müssen besetzt gehalten werden.

Besonders heftig beklagte sich der junge Bahnsekretär Suchtok, dem einst in der Schule eine große Zukunft prophezeit worden war, der aber jetzt in Zimpren seit zwei Jahren einer Abteilung vorsteht, die nicht einen, nicht einen einzigen Kunden gehabt hat: der Gepäckaufbewahrung. Dem Vorsteher der Fahrkartenabteilung geht es ein klein wenig besser, aber eben nur ein ganz klein wenig. Den Leuten in der Signalabteilung bleibt immerhin der Trost, daß sie die Drähte – wenn auch nicht für Zimpren – summen hören, was beweist, daß irgendwo – wenn auch nicht in Zimpren – etwas geschieht.

Die Frauen der älteren Beamten haben einen Bridge-Klub gegründet, die der jüngeren ein Federball-Team aufgestellt, aber sowohl den bridgespielenden wie den federballspielenden Damen wurde die Lust verdorben durch Flora Klipp, die sich, da es ihr an Arbeitskräften mangelt, auf den Feldern um den Bahnhof herum abrackerte, nur hin und wieder ihre Arbeit unterbrach, um ins Bahnhofsgebäude hinüberzurufen: »Beamtengesindel, erzfaules.« Auch härtere Ausdrücke fielen, ordinäre, die jedoch nicht literaturfähig sind. Goswin fühlte sich durch die hübschen jungen Frauen, die auf dem Bahnhofsgelände Federball spielten, ebenfalls provoziert und bewies, daß er sein Vokabularium vergrößert hatte, denn er schrie: »Huren, nichts als Huren!« – ein Ausspruch, den jüngere, unverheiratete Bahnbeamte auf seine Bekanntschaft mit der jungen Adligen zurückführten.

Schließlich kamen die jüngeren wie die älteren Damen überein, diesen sich wiederholenden Tadel nicht auf sich sitzen zu lassen; Klagen wurden eingereicht, Termine anberaumt, Rechtsanwälte reisten herbei, und Bahnsekretär Suchtok, der seit zwei Jahren vergeblich auf Kundschaft gewartet hatte, rieb sich die Hände: an einem einzigen Tag wurden zwei Aktentaschen und drei Schirme abgegeben. Doch als er selber diese Gegenstände entgegennehmen wollte, wurde er von seinem Untergebenen, dem Bahnschaffner Uhlscheid, belehrt, daß er, der Sekretär, zwar die Oberaufsicht führe, daß die Entgegennahme der Gegenstände aber seine, Uhlscheids, Aufgabe sei. Tatsächlich hatte Uhlscheid recht, und Suchtok blieb nur der Triumph, daß er abends, als die Gepäckstücke wieder abgeholt wurden, die Gebühren kassieren durfte: fünfmal dreißig Pfennige; das erstemal in zwei Jahren klingelte die nagelneue Registrierkasse.

Der kluge Bahnhofsvorsteher hat inzwischen mit Flora Klipp einen Kompromiß geschlossen; sie hat sich bereit erklärt, ihre – wie sie eingesehen hat – unberechtigten Beschimpfungen einzustellen; außerdem hat sie die Garantie dafür übernommen, daß auch Goswin sich keinerlei Injurien mehr erlauben wird. Als Gegenleistung, jedoch sozusagen privat, da dies offiziell nicht möglich ist, hat er Witwe Klipp die Herrentoilette zur Aufbewahrung ihres Ackergerätes und die Damentoilette zu dem vom Architekten bestimmten Zweck zur Verfügung gestellt. Witwe Klipp darf sogar – doch muß dies streng geheim bleiben, da es weit über die Natur einer Gefälligkeit hinausgeht – ihren Traktor im Güterschuppen unterstellen und ihr Mittagbrot in den weichen Polstern des riesigen Speisesaals einnehmen. Aus reiner Herzensgüte, da ihr der junge Suchtok leid tut, gibt Witwe Klipp hin und wieder ihren Proviantbeutel oder ihren Regenschirm bei der Gepäckaufbewahrung ab.

Nur wenigen Beamten ist es bisher gelungen, von Zimpren versetzt zu werden; doch immer müssen die vakant werdenden Stellen neu besetzt werden, und es ist im Verwaltungsbezirk Wöhnisch längst ein offenes Geheimnis, daß Zimpren ein Strafbahnhof ist: so häufen sich dort Rauf- und Trunkenbolde, aufsässige Elemente, zum Schrecken jener anständigen Elemente, denen es noch nicht gelungen ist, ihre Versetzung durchzudrücken.

Betrübt gab der Bahnhofsvorsteher vor wenigen Tagen seine Unterschrift unter den jährlichen Kassenbericht, der Einnahmen in Höhe von dreizehn Mark achtzig auswies; zwei Rückfahrkarten nach Senstetten wurden verkauft: das war der Küster von Zimpren mit seinem einzigen Meßdiener, die zum alljährlich fälligen gemeinsamen Ausflug bis Senstetten fuhren, um dort die herrliche Lourdes-Grotte zu besichtigen; zwei Rückfahrkarten nach Höhnkimme, der Station vor Zimpren, das war der alte Bandicki, der mit seinem Sohn zum Ohrenarzt fuhr; eine einfache Fahrkarte nach Höhnkimme: das war die uralte Mutter Glusch, die dort ihre verwitwete Schwiegertochter besuchte, um ihr beim Einkochen von Pflaumen zur Hand zu gehen; sie wurde zurück von Goswin auf dem Gepäckständer des Fahrrades mitgenommen; achtmal Gepäck – die beiden Aktentaschen und die drei Regenschirme der Rechtsanwälte, zweimal der Proviantbeutel, einmal der Regenschirm von Flora Klipp. Und zwei Bahnsteigkarten: das war der Pfarrer, der Küster und Meßdiener an den Zug begleitete und wieder vom Zug abholte.

Das ist eine trübselige Bilanz für den begabten Bahnhofsvorsteher, der sich seinerzeit von Hulkihn weggemeldet hatte, weil er an die Zukunft glaubte. Er glaubt längst nicht mehr an die Zukunft. Er ist es, der immer noch heimlich anonyme Postkarten an seinen Chef schickt, der sogar hin und wieder mit verstellter Stimme anruft, um seinem Chef mündlich zu wiederholen, was auch auf den Postkarten steht: »Die Zukunft unseres Bezirks liegt in Zimpren.«

Neuerdings ist zwar Zimpren zum Pilgerziel eines jungen Kunststudenten geworden, der sich vorgenommen hat, über das Werk des inzwischen verstorbenen Hans Otto Winkler zu promovieren; stundenlang weilt dieser junge Mensch in dem leeren, komfortablen Bahnhofsgebäude, um auf gutes Fotowetter zu warten und dort seine Notizen zu vervollständigen; auch verzehrt er dort sein belegtes Brot, den Mangel eines Ausschanks beklagend. Das lauwarme Leitungswasser ist seiner Kehle widerwärtig; befremdet hat er festgestellt, daß in der Herrentoilette »bahnfremde Gegenstände« aufbewahrt werden. Der junge Mann kommt ziemlich häufig, da er das riesige Fresko nur partiell fotografieren kann; doch leider wirkt er sich nicht positiv auf die Bahnhofskasse aus, denn er ist mit einer Rückfahrkarte ausgestattet und benutzt auch die Gepäckaufbewahrung nicht. Der einzige, der einen gewissen Nutzen aus der Reiselust des Kunststudenten zieht, ist der junge Brehm, ein Bahnschaffner, der wegen Trunkenheit im Dienst nach Zimpren strafversetzt wurde; ihm ist es vergönnt, die Rückfahrkarte des Studenten zu lochen; eine

Bevorzugung durch das Schicksal, die den Neid seiner Kollegen erweckt. Er war es auch, der die Beschwerde über den Zustand der Herrentoilette entgegennahm und den Skandal heraufbeschwor, der für einige Zeit Zimpren noch einmal interessant machte. Wohl jeder entsinnt sich noch des Prozesses, der die »bahnfremde Verwendung bahneigener Gebäude« zum Gegenstand hatte. Doch ist auch das längst vergessen. Der Bahnhofsvorsteher erhoffte sich von diesem Skandal eine Strafversetzung von Zimpren weg, doch war seine Hoffnung vergeblich, denn man kann nur *nach* Zimpren strafversetzt werden, nicht *von* Zimpren weg.

I

Als Müllers Übelkeit sich jenem Punkt näherte, wo die Entladung unvermeidlich war, herrschte im Hörsaal weihevolle, hingegebene Stille. Die gepflegt klanglose, mit hoher Kultur auf heiser gehaltene Stimme von Professor Schmeck hatte sich jetzt (siebzehn Minuten vor Ende der Vorlesung) in jenes sanfte, sowohl einschläfernde wie aufreizende Leiern hineingesteigert, das einen bestimmten Studentinnentyp (den ausgesprochen intellektuellen, den man früher Blaustrumpf nannte) in fast sexuelle Erregung versetzte; in diesem Augenblick waren sie bereit, für Schmeck zu sterben. Schmeck selbst pflegte – im vertrauten Gespräch – diesen Punkt der Vorlesung als den zu bezeichnen, an dem »das bis auf die Spitze, bis an den äußersten Rand seiner Möglichkeiten getriebene Rationale irrational zu wirken beginnt, und«, pflegte er hinzuzufügen, »meine Freunde, wenn Sie bedenken, daß ein Gottesdienst anständigerweise fünfundvierzig Minuten dauert, wie der Liebesakt – nun, dann werden Sie begreifen, meine Freunde, daß Rhythmus und Langeweile, Steigerung und Nachlassen, Höhepunkt – und Ausatmen – zum Gottesdienst, zum Liebesakt und – jedenfalls meiner Ansicht nach – zum akademischen Vortrag gehören.«

An diesem Punkt, etwa in der dreiunddreißigsten Minute der Vorlesung, gab es keine Gleichgültigkeit mehr im Saal: nur Anbetung und Abneigung; die anbetenden Zuhörer hätten jeden Augenblick in unartikuliert rhythmisches Geschrei ausbrechen können, das die ablehnenden Zuhörer (die in der Minderheit waren) zu provokativem Geschrei veranlaßt hätte. Aber in diesem Augenblick, wo solch unakademisch Gebaren zu fürchten gewesen wäre, brach Schmeck mitten im Satz ab und führte durch eine prosaische Geste jene Ernüchterung herbei, die er brauchte, um die Vorlesung zu einem überschaubaren Ende zu bringen: er putzte sich mit einem großkarierten, bunten Taschentuch (wie sie früher unter der Bezeichnung Fuhrmannstaschentuch bekannt waren) die Nase, und der obligatorische Blick, den er auf sein Taschentuch warf, bevor er es wieder einsteckte, brachte auch die allerletzte Studentin im Saal, der möglicherweise schon leichter Schaum vor dem Mund stand, zur Ernüchterung. »Ich brauche Anbetung«, pflegte Schmeck zu sagen, »und kann sie doch nicht ertragen.«

Ein tiefes Seufzen ging durch den Hörsaal, Hunderte schworen sich, nie mehr in Schmecks Vorlesung zu gehen – und würden sich am Dienstagnachmittag an der Hörsaaltür drängen, würden eine halbe Stunde vor Beginn schon Schlange stehen, die Vorlesung des Schmeck-Gegners Livorno versäumen, um Schmeck zu hören (der seine Vorlesungstermine immer erst dann bekanntgab, wenn Livorno seine schon festgesetzt hatte; Schmeck scheute sich nicht, immer dann, wenn er fürs Vorlesungsverzeichnis seine Termine hätte bekanntgeben müssen, so weit zu verreisen, daß er selbst telegrafisch nicht zu erreichen war; im vergangenen Semester hatte er eine Expedition zu den Warrau-Indianern unternommen, war für Wochen im Mündungsgebiet des Orinoko unauffindbar und hatte nach Beendigung seiner Expedition aus Caracas seinen Vorlesungstermin telegrafiert, der genau mit dem von Livorno übereinstimmte – eine Tatsache, die eine Quästurangestellte zu der Bemerkung veranlaßte: »Der hat natürlich auch in Venezuela seine Spione«).

Das tiefe Seufzen erschien Müller als die rechte Gelegenheit, endlich zu tun, was er schon vor einer Viertelstunde hätte tun sollen, aber nicht riskiert hatte: hinauszugehen und seinen Magen zu befreien. Als er, seine Aktentasche nur lose unter den Arm geklemmt, in der ersten Reihe aufstand, sich durch die dichten Reihen hindurchdrängte, nahm er flüchtig den Ausdruck von Empörung, von Erstaunen auf den Gesichtern der Studenten wahr, die ihm widerwillig Platz machten: selbst den Schmeck-Gegnern erschien es wohl unvorstellbar, daß es jemand geben konnte – und außerdem einen dezidierten Schmeck-Anhänger, von dem man munkelte, er kandidiere für die Stelle des ersten Assistenten –, der sich diese perfide Brillanz auch nur teilweise entgehen ließe. Als Müller den Ausgang endlich erreicht hatte, hörte er noch mit halbem Ohr die zweite Hälfte des Satzes, den Schmeck abgebrochen hatte, um sich die Nase zu putzen – »zum Kernpunkt des Problems: ist der Lodenmantel eine zufällige oder eine typische Bekleidung? Ist er soziologisch repräsentativ?«

II

Müller erreichte die Toilette im allerletzten Augenblick, er riß seinen Krawattenknoten nach unten, das Hemd auf, hörte das abgerissene Hemdknöpfchen mit hellem Geräusch in die Nebenkabine rollen, ließ seine Mappe einfach auf den Fliesenboden fallen – und erbrach sich; er spürte, wie der kalte Schweiß auf seinem sich wieder erwärmenden Gesicht noch kälter wurde, brachte, ohne die Augen zu öffnen, indem er nach dem Knopf tastete, die Spülung in Gang und war erstaunt, daß er sich auf eine endgültige Weise nicht nur befreit, auch gereinigt fühlte: was da hinuntergespült wurde, war mehr als Erbrochenes: eine halbe Weltanschauung, die Bestätigung eines Verdachts, Wut – er lachte vor Erleichterung, wischte sich mit dem Taschentuch über den Mund, schob den Krawattenknoten flüchtig wieder hoch, hob seine Mappe auf und verließ die Kabine. Sie hatten ihn schon hundertmal deswegen verlacht, aber nun erwies sich, wie nützlich es war, daß er immer Handtuch und Seife mit sich trug, Hunderte mal schon hatten sie ihn seiner »kleinbürgerlichen« Seifendose wegen verspottet; als er sie jetzt öffnete, hätte er seine Mutter, die sie ihm aufgedrängt hatte, als er vor drei Jahren auf die Universität zog, küssen mögen: Seife war genau das, was er jetzt brauchte; er griff zögernd an seine Krawatte, ließ sie, wo sie war, hängte seine Jacke an die Klinke der Toilettentür, wusch sich gründlich Gesicht und Hände, fuhr sich flüchtig über den Hals und verließ eilig die Toilette: noch waren die Flure leer, und wenn er sich beeilte, konnte er noch vor Marie auf seinem Zimmer sein. Ich werde sie fragen, dachte er, ob Ekel, der ganz eindeutig geistigen Ursprungs ist, einem so heftig auf den Magen schlagen kann.

III

Es war ein milder, feuchter Vorfrühlingstag, und zum erstenmal in den drei Jahren Universität verfehlte er die letzte, die dritte Stufe am Hauptportal – er hatte nur zwei eingerechnet –, stolperte, und während er sich wieder fing und in Schritt zu fallen versuchte, spürte er die Nachwirkungen der vergangenen fürchterlichen Viertelstunde; ihm war schwindlig, und die Umwelt erschien ihm in einer freundlichen, träumerischen Verschwommenheit; von impressionistischer Sinnlichkeit waren die Gesichter der Mädchen, die er auf Germanistinnen schätzte, träge schlenderten sie mit ihren Mappen und Büchern unter grünen Bäumen daher, und sogar die buntbemützten Katholiken, die da zu irgendeinem Konvent auf dem Vorplatz sich eingefunden hatten, wirkten weniger abstoßend als sonst: ihre farbigen Bänder und Mützen hätten Fetzen eines sich auflösenden Regenbogens sein können. Müller taumelte weiter, erwiderte automatisch Grüße, kämpfte gegen den Strom an, der sich jetzt, gegen halb zwölf, in die Universität ergoß, ein Arbeiterstrom bei Schichtwechsel.

IV

Erst in der Straßenbahn, als er schon drei Stationen weit gefahren war, fing er an, wieder recht zu sehen, als habe er eine Brille aufgesetzt, die eine Dioptrie korrigierte; von der einen Vorstadt ins Stadtzentrum, vom Zentrum wieder in eine andere Vorstadt hinaus: fast eine Stunde Zeit, nachzudenken und alles »ins rechte Licht zu rücken«. Es konnte doch gar nicht wahr sein! Hatte Schmeck nötig, ihn – das sechste Semester Rudolf Müller – zu beklauen? Er hatte doch Schmeck vorgeschlagen, eine Reihe ›Soziologie der Kleidung‹ zu begründen, als ersten Titel seiner Arbeit: ›Versuch einer Soziologie des Lodenmantels‹ zu nehmen, und Schmeck hatte begeistert zugestimmt, ihn beglückwünscht, ihm angetragen, die ganze zu begründende Reihe zu überwachen. Und hatte er nicht Schmeck in dessen Arbeitszimmer die ersten Seiten seiner ›Soziologie des Lodenmantels‹ vorgelesen, Sätze, die er heute wortwörtlich aus Schmecks Munde wiedergehört hatte? Müller wurde wieder blaß, riß seine Mappe auf, durchwühlte sie: die Seifendose fiel auf den Boden, dann ein Buch von Schmeck: ›Anfangsgründe der Soziologie‹. Wo war sein Manuskript? War's Traum, Erinnerung oder Halluzination, was er plötzlich vor sich sah: Schmecks Lächeln an der Tür des Arbeitszimmers, die weißen Manuskriptblätter in Schmecks Hand. »Natürlich werde ich mir gerne einmal Ihre Arbeit anschauen!« Dann die Osterferien – zunächst nach Hause, später mit einer Studiengruppe drei Wochen in London – und heute Schmecks Vorlesung ›Ansätze zu einer Soziologie der Kleidung, erster Teil: zur Soziologie des Lodenmantels‹ . . .

V

Umsteigen. Er stieg automatisch aus, wieder ein, als seine Bahn kam, seufzte bekümmert, als die ältliche Schaffnerin auf ihrem Thron ihn erkannte. Würde sie wieder den Witz machen, den sie immer machte, seitdem sie seinen Studentenausweis gesehen hatte? Sie machte den Witz: »Na, die Herren Studenten, um halb zwölf Feierabend – und jetzt mit die Mädchen los, was?« Die Fahrgäste lachten, Müller wurde rot, drängte sich nach vorne, wäre am liebsten ausgestiegen, schneller gelaufen, als die Bahn fuhr, um endlich nach Hause auf sein Zimmer zu kommen und Gewißheit zu haben. Sein Tagebuch würde es beweisen – oder ob Marie als Zeugin etwas nützen würde? Sie hatte für ihn die Arbeit getippt, er erinnerte sich noch ihres Vorschlags, einen Durchschlag zu machen, sah ihre Hand, die das Durchschlagpapier schon hochhielt, aber er hatte abgewinkt, darauf hingewiesen, daß es ja nur ein Entwurf sei, eine Skizze – und er sah Maries Hand, die das Pauspapier wieder in die Schublade legte und anfing zu schreiben. »Rudolf Müller, stud. phil., Buchweizenstraße 17« – und während er ihr den Kopf der Arbeit diktierte, war ihm eingefallen: man könnte auch eine Soziologie der Speisen schreiben: Buchweizengrütze, Pfannekuchen, Sauerbraten – der in der Arbeitersiedlung, in der er aufgewachsen war, als die Krone des Feinschmeckens galt, in der Skala der Seligkeiten gleichrangig neben geschlechtlichen Freuden rangierte –, Reis mit Zimt, Erbsensuppe mit Speck; und noch bevor er anfing, Marie seine Arbeit zu diktieren, träumte er davon, der Soziologie des Lodenmantels eine der Bratkartoffeln folgen zu lassen. Einfälle, Einfälle genug – und er wußte, daß er das Zeug dazu hatte, diese Einfälle zu realisieren.

VI

Diese unendlich langen Ausfallstraßen, römisch, napoleonisch – schon waren die Hausnummern über 900 dran. Erinnerung in Bruchstücken: Schmecks Stimme – der plötzliche Brechreiz, als zum erstenmal das Wort Lodenmantel fiel – acht oder neun Minuten da vorne in der ersten Reihe, der Drang zum Erbrechen – dann die dreiunddreißigste Minute, Schmecks Taschentuch, sein Blick auf das Ergebnis seiner geräuschvollen Bemühungen – endlich die Toilette – nebelhafte Feuchtigkeit vor der Universität – sinnlich verschwimmende Germanistinnengesichter – katholische Couleurbänder wie Reste eines sterbenden Regenbogens; in die 12 eingestiegen, in die 18 umgestiegen – der Witz der Schaffnerin – und schon die Hausnummern Mainzer Straße 980, 981. Er zog eine der drei Zigaretten heraus, die er in der oberen

Jackentasche als Vormittagsration mitgenommen hatte, tastete nach dem Feuerzeug.

»Komm her, Student, gib mir auch Feuer.« Er stand auf, lächelte müde, während er nach hinten ging, wo die alte Schaffnerin sich von ihrem Thron herunterquetschte. Er hielt das brennende Feuerzeug an ihren Zigarettenstummel, zündete auch seine Zigarette an und war angenehm überrascht, als ihm nicht übel wurde. »Kummer, junger Mann?« Er nickte, forschte angestrengt auf ihrem derben, rotgeäderten Gesicht, die Zote fürchtend, die sie als Trost anbieten könnte, aber sie nickte nur, sagte »Danke, Kavalier«, hielt sich an seiner Schulter fest, als die Bahn in die Endstationschleife einbog, stieg vor ihm aus, als die Bahn hielt, und wackelte auf den ersten Wagen zu, wo der Fahrer schon seine Thermosflasche entkorkte.

VII

So klein waren diese grauen Häuser und so eng diese Straßen. Schon ein geparktes Motorrad versperrte sie; vor dreißig Jahren hatten die damals Fortschrittsgläubigen nicht geglaubt, daß Autos selbstverständlich werden könnten; Zukunftsträume waren hier Gegenwart geworden und gestorben; alles, was später beanspruchen würde, fortschrittlich und zukünftig zu sein, wurde als feindselig empfunden; alle Straßen waren gleich, von der Ahornallee bis zur Zwiebelstraße; Kamille und Lauch, Kapuzinerkresse (war zunächst abgelehnt worden, denn es klang so klerikal, wurde aber als botanisch eindeutig und des Klerikalismus unverdächtig dann doch vom Vorstand genehmigt) und Liguster – alles, »was wächst«, war hier als Straßennamen vertreten; war umrandet von einer Marxallee und hatte sein Zentrum in einem Engelsplatz (die Marx- und Engelsstraße waren von älteren Arbeitersiedlungen schon besetzt). Die kleine Kirche war später erbaut worden, als sich herausstellte, daß die erklärten Atheisten alle mit frommen Frauen verheiratet waren – als der Wahlbezirk »Blumenhof« eines Tages (fromme Mütter hatten ihre inzwischen erwachsenen Söhne und Töchter auf ihrer Seite) mehr Zentrums- als SPD-Stimmen melden mußte, als schamrote alte Sozialisten sich vor Kummer betranken, entschlossen zur KPD überwechselten. Nun war die kleine Kirche schon längst viel zu klein, quoll sonntags über, und im Rektoratshaus konnte man das Modell der geplanten neuen bewundern. Sehr modern. Außerhalb der Marxallee hatte die benachbarte Kirchengemeinde St. Bonifazius Land geschenkt für die neue Kirche des Heiligen Joseph, Schutzpatrons der Arbeiter. Schon ragten Baukräne triumphierend in den Frühlingshimmel.

Müller versuchte zu lächeln, aber es gelang ihm nicht, wenn er an seinen Vater dachte: ihm schien immer, als sei das aufklärerische Atheistenpathos der zwanziger Jahre hier noch zu riechen, das Freie-Liebe-Klima noch vorhanden, und obwohl es nie mehr zu hören war, schien ihm in diesen Straßen das »Brüder zur Sonne, zur Freiheit« noch nachzuklingen; sein Lächeln mißlang. Rosmarinstraße, Tulpenstraße, Thymianweg – und wieder ein neuer Straßenzyklus, mit dem Alphabet beginnend: Akazienaue, endlich die Buchweizenstraße – »alles, was wächst«; da das Haus Nummer 17, und sein Lächeln gelang, als er Marias Fahrrad entdeckte: es lehnte gegen das eiserne Gestänge, mit dem Onkel Willi den Mülleimer eingerahmt hatte, das schlechtgeputzte, wacklige Fahrrad der Freiin von Schlimm, jüngere Linie. Sein Wunsch, auch dem Fahrrad Zärtlichkeit zu erweisen, realisierte sich in einem leichten Tritt gegen die Felgen des Hinterrades. Er schloß die Tür auf, rief »Tag, Tante« in den engen Flur, aus dem es nach Bratkartoffeln roch, hob das Paket auf, das auf der untersten Treppenstufe lag, und stürmte nach oben. Der Aufgang war so eng, daß er jedesmal mit seinem Ellenbogen die rötlichbraune Rupfenbespannung berührte, und Tante Käthe behauptete, daß sie die Heftigkeit und die Anzahl seiner Treppenersteigungen an den Verschleißspuren abzulesen imstande sei – im Laufe der drei Jahre hatte sich eine

Verdünnungsspur gebildet, deren Grundton an einen Kahlkopf erinnerte.

VIII

Marie. Er war jedesmal wieder gerührt über die Heftigkeit seiner Gefühle für sie, und jedesmal (er hatte sie jetzt schon mehr als dreihundertmal getroffen, er führte an Hand seines Tagebuchs eine Art Statistik darüber), jedesmal kam sie ihm magerer vor, als er sie in Erinnerung hatte. Im Laufe jedes Rendezvous schien sie sich zu füllen, er behielt sie voll in Erinnerung und war immer wieder überrascht, wenn er sie in ihrer ursprünglichen, unveränderten Magerkeit wiedersah. Sie hatte die Schuhe und Strümpfe ausgezogen, lag auf seinem Bett, dunkelhaarig und von einer Blässe, die für ein Zeichen von Schwindsucht zu halten er immer noch nicht lassen konnte.

»Bitte«, sagte sie leise, »küß mich nicht, den ganzen Morgen über habe ich schmutzige Witze über alle Arten der Liebe gehört. Wenn du lieb sein willst, massiere meine Füße.« Er warf seine Mappe und das Paket hin, kniete sich vors Bett und nahm ihre Füße in seine Hände. »Ach, du bist lieb«, sagte sie, »ich hoffe nur, du bekommst keinen Krankenwärterkomplex – bei euch weiß man nie, was man anrichtet, und bitte«, sagte sie leiser, »laß uns zu Hause bleiben, ich bin zu müde, um noch irgendwohin zum Essen zu gehen. Daß ich mittags immer weg bin, wird von unserer Fürsorgerin, die sich ums Betriebsklima kümmert, sowieso schon als gemeinschaftsfeindlich registriert.«

»Verflucht«, sagte er, »warum machst du nicht Schluß mit der Quälerei. Diese Schweine.«

»Wen meinst du damit? Die Chefs oder die Kolleginnen?«

»Die Chefs«, sagte er, »was du schmutzige Witze nennst, ist der Ausdruck der einzigen Freude, die diese Mädchen haben; deine bürgerlichen Ohren . . .«

»Ich habe feudale Ohren, wenn meine Ohren schon ein soziologisches Beiwort nötig haben.«

»Der Feudalismus hat dem Bürgertum nicht widerstanden, er hat sich mit der Industrie verheiratet, die ihn verbürgerlicht hat; du verwechselst das, was zufällig an dir ist, mit dem, was typisch an dir ist; so viel Wert auf den Namen zu legen, indem man ihn so unwert findet wie du den deinen, ist auch spätbürgerlicher Idealismus. Genügt es dir nicht, daß du bald – vor Gott und den Menschen, wie ihr es nennt – Marie Müller heißen wirst?«

»Deine Hände sind gut«, sagte sie. »Wann wirst du in der Lage sein, Frau und Kinder damit zu ernähren?«

»Sobald du die Mühe auf dich nimmst, auszurechnen, was uns nach dem Honnefer-Modell bleibt, wenn wir verheiratet sind und du weiterarbeitest.«

Sie richtete sich auf und leierte wie ein Schulmädchen ab: »Zweihundertdreiundvierzig bekommst du im Monat, den Höchstsatz, als Hilfsassistent verdienst du zweihundert, wovon einhundertfünfundzwanzig, weil studienverwandt verdient, frei sind: macht dreihundertachtundsechzig – dein Vater verdient aber siebenhundertundzehn netto, das heißt zweihundertundsechzig mehr als den Freibetrag, so bekommst du, weil du Einzelkind bist, einhundertunddreißig wieder abgezogen, was bedeutet, daß du deine Hilfsassistentenarbeit ganz umsonst tust – effektiver Rest: zweihundertundachtunddreißig. Sobald wir heiraten, wird die Hälfte von dem, was ich über dreihundert verdiene – also genau zwei Mark fünfzehn – abgezogen, so daß dein effektives Einkommen als verheirateter Honnefer sich auf zweihundertdreißig Mark fünfundachtzig Pfennig belaufen wird.«

»Ich gratuliere«, sagte er, »du hast dich also wirklich drangegeben.«

»Ja«, sagte sie, »vor allem habe ich immerhin ausgerechnet, daß du dich vollkommen umsonst bei diesem Schmeck-Schwein abrackerst . . .«

Er nahm die Hände von ihren Beinen. »Schmeck-Schwein, wie kommst du darauf?«

Sie blickte ihn an, warf ihre Beine herum, setzte sich aufs

Bett, er schob ihr seine Pantoffeln hin. »Was ist los mit Schmeck? Was Neues? Sag's mir doch – laß meine Füße jetzt –, sag doch, was los ist?«

»Kannst du einen Augenblick warten?« sagte er, hob seine Mappe und das Paket vom Boden auf, nahm die beiden restlichen Zigaretten aus der Brusttasche, zündete beide an, gab eine davon Marie, warf Mappe und Paket neben Marie aufs Bett, ging zum Bücherregal und suchte sein Tagebuch, eine dicke Schulkladde, die zwischen Kierkegaard und Kotzebue stand, heraus, setzte sich zu Maries Füßen vors Bett.

»Paß auf«, sagte er. »Hier. 13. Dezember. Beim Spaziergang mit Marie, als wir durch den Park gingen, kam mir plötzlich die Idee zu einer ›Soziologie des Lodenmantels‹.«

»Ja«, sagte Marie, »du hast mir sofort davon erzählt, und du erinnerst dich meiner Einwände.«

»Natürlich.« Er blätterte weiter. »Hier. 2. Januar. Angefangen mit den ersten Studien. Skizzen, Gedanken – auch Material gesichtet. Ging zu Loden-Meier und versuchte vergebens, Einblick in die Kundenkartei zu bekommen . . . Dann weiter, Januar, Februar, jeden Tag Eintragungen über den Fortgang der Arbeit.«

»Ja, natürlich«, sagte Marie, »und Ende Februar hast du mir die ersten dreißig Seiten diktiert.«

»Ja, und hier, das suche ich: 1. März. Besuch bei Schmeck, dem ich die ersten Seiten meines Entwurfs zeigte, stellenweise vorlas. Schmeck bat mich, ihm das Manuskript zur Durchsicht dort zu lassen . . .«

»Ja, am Tag drauf bist du nach Hause gefahren.«

»Dann nach England. Gestern zurückgekommen – und heute war Schmecks erste Vorlesung, und die Zuhörerschaft war so interessiert, so hingegeben, so berauscht wie noch nie, weil das Thema so neu, so spannend war – jedenfalls für die Zuhörer. Ich geb dir nur zu raten, worüber Schmeck gelesen hat. Rat doch mal, meine liebe Baronin.«

»Wenn du mich noch einmal Baronin nennst, nenn ich dich – nein«, sie lächelte, »hab keine Angst, ich nenn dich nicht so, auch wenn du mich Baronin nennst. Würd es dir weh tun, wenn ich dich so nenne?«

»Wenn du mich so nennst, nicht«, sagte er leise, »du kannst mich nennen, wie du willst – aber du glaubst nicht, wie schön das ist, wenn sie hinter dir her rufen, hinter dir her flüstern, wenn sie's hinter deinem Namen ans Schwarze Brett schreiben: Rudolf Arbeiterkind. Ich bin eben eine Rarität, ich bin das große Wunder, ich bin einer von denen, von denen es nur fünf auf Hundert gibt, nur fünfzig auf Tausend, und – je höher du die Beziehungsgröße hinaufschraubst, desto phantastischer wird die Relation – ich bin einer von denen, von denen es nur fünftausend auf Hunderttausend gibt: tatsächlich der Sohn eines Arbeiters, der an einer westdeutschen Universität studiert.«

»An den ostdeutschen Universitäten wird es wohl umgekehrt sein; da sind von hundert fünfundneunzig Arbeiterkinder.«

»Da wäre ich eine lächerlich alltägliche Erscheinung; hier bin ich das berühmte Beispiel bei Diskussionen, bei Beweisen und Gegenbeweisen, ein wirkliches, richtiges, unverfälschtes Arbeiterkind – und sogar begabt, begabt; aber du hast immer noch nicht zu raten versucht, welchen Gegenstand Schmeck heute zelebriert hat.«

»Das Fernsehen vielleicht.«

Müller lachte. »Nein, die großen Snobs sind jetzt *fürs* Fernsehen.«

»Doch nicht« – Marie drückte ihre Zigarette in dem Aschenbecher aus, den Müller in der Hand hielt –, »doch nicht die Soziologie des Lodenmantels?«

»Worüber sonst«, sagte Rudolf leise, »worüber sonst?«

»Nein«, sagte Marie, »das kann er doch nicht tun.«

»Er hat's aber getan, und ich habe Sätze in seiner Vorlesung wiedererkannt, von denen ich mich noch erinnere, wieviel Spaß es mir gemacht hat, sie zu formulieren . . .«

»Zuviel Spaß hat's dir gemacht . . .«

»Ja, ich weiß – ganze Abschnitte hat er zitiert.«

Er erhob sich vom Boden und fing an, im Zimmer auf und ab zu gehen. »Du weißt doch, wie das ist, wenn man herauszukriegen versucht, ob man sich selbst zitiert oder einen anderen – wenn man etwas hört, das man schon einmal gehört, schon einmal gesagt zu haben glaubt, und man versucht dann herauszufinden, ob man es selbst vorher gesagt oder nur gedacht hat, ob man's wiedererkennt oder gelesen hat – und es macht dich ganz verrückt, weil deine Erinnerung nicht funktioniert.«

»Ja«, sagte Marie, »früher grübelte ich immer darüber nach, ob ich Wasser getrunken hatte oder nicht – vor der Heiligen Kommunion. Du glaubst, du hättest Wasser getrunken, weil du schon so oft im Leben, schon tausendmal Wasser getrunken hast, auf den nüchternen Magen – und hast doch nicht Wasser getrunken . . .«

»Und kommst nicht zu einem überzeugenden Ergebnis – da ist eben ein Tagebuch sehr wichtig.«

»Das Grübeln über diese Frage hättest du dir ersparen können: ganz klar, daß Schmeck dich beklaut hat.«

»Und mich um meine Dissertation gebracht hat.«

»Mein Gott«, sagte Marie – sie stand vom Bett auf, legte Rudolf die Hand auf die Schulter, küßte ihn auf den Hals –, »mein Gott, du hast recht – das ist ja wahr –, den Lebensnerv hat er dir abgeschnitten – kannst du ihn nicht verklagen?«

Müller lachte. »Alle Universitäten auf der ganzen Erde, von Massachusetts über Göttingen bis Lima, von Oxford bis Nagasaki werden ein geschlossenes, irres Gelächter anstimmen, wenn da ein gewisser Müller, Rudolf, Arbeiterkind, auftreten und behaupten wird, Schmeck habe ihn beklaut. Sogar die Warraus werden in das höhnische Gelächter einstimmen, denn selbst die wissen, daß der weise weiße Mann Schmeck alles weiß, was zwischen Menschen geschieht – wenn aber, was die Folge meiner Klage sein würde, Schmeck aufträte und sagte, ein gewisser Müller habe ihn beklaut, werden sie alle nicken, sogar die Botokuden.«

»Man müßte ihn umbringen«, sagte Marie.

»Endlich fängst du an, unbürgerlich zu denken.«

»Ich versteh' nicht, daß du noch lachen kannst«, sagte Marie.

»Daß ich noch lachen kann, hat einen sehr guten Grund«, sagte Müller. Er ging zum Bett, nahm das Postpaket dort weg, brachte es zum Tisch und fing an, es aufzuschnüren. Er löste geduldig die vielfache Verknotung des Bindfadens, so langsam, daß Marie die Schublade aufriß, ein Messer herausnahm, es ihm wortlos hinhielt.

»Umbringen, ja«, sagte Müller, »das wäre eine Idee – aber nicht um alles in der Welt würde ich den Bindfaden durchschneiden: das wäre ein Schnitt genau ins Herz meiner Mutter, die nun einmal Bindfaden sorgfältig abwickelt, aufrollt, noch einmal verwendet – sie wird mich bei ihrem nächsten Besuch nach dem Bindfaden fragen, und wenn ich ihn nicht vorweisen kann, wird sie den baldigen Untergang der Welt prophezeien.«

Marie klappte das Messer wieder zu, legte es in die Schublade zurück, lehnte sich gegen Müller, während der das Papier von seinem Paket abwickelte und sorgfältig zusammenfaltete. »Du hast mir noch gar nicht gesagt, warum du noch lachen kannst«, sagte sie, »das ist doch die perfideste, ekelhafteste, dreckigste Gemeinheit, die Schmeck an dir begehen konnte – wo er dich doch zum ersten Assistenten machen wollte und dir eine glänzende Zukunft prophezeit hat.«

»Nun«, sagte Müller, »willst du den Grund wirklich wissen?«

Sie nickte. »Sag's«, sagte sie.

Er ließ vom Paket ab, küßte sie. »Verflucht«, murmelte er, »wenn du nicht wärst, hätte ich etwas Verzweifeltes getan.«

»Tu's auch so«, sagte sie leise.

»Was?«

»Tu was Verzweifeltes mit ihm«, sagte Marie, »ich werde dir helfen.«

»Was soll ich denn tun, ihn wirklich umbringen?«

»Tu was Körperliches mit ihm, nichts Geistiges – bring ihn halb um.«

»Wie?«

»Vielleicht Prügel – aber jetzt wollen wir erst essen. Ich hab Hunger und muß in fünfunddreißig Minuten wieder losradeln.«

»Ich bin gar nicht so sicher, daß du losradeln wirst.«

Er faltete sorgfältig eine zweite Schicht Packpapier ab, löste eine schwächere Schnur, die um das Innerste des Pakets, einen Schuhkarton, gebunden war, nahm den Zettel weg, der zwischen Schnur und Kartondeckel geklemmt gewesen (»In jedes Paket obenauf Doppel der Anschrift legen«), und endlich, während Marie seufzte, nahm er den Deckel vom Schuhkarton: Blutwurst, Speck, Kuchen, Zigaretten und eine Packung Glutamin. Marie nahm den Zettel vom Tisch und las leise vor: »Lieber Junge, es freut mich, daß du so billig die weite Reise nach England mitmachen konntest. Sie tun doch heutzutage allerlei an den Universitäten. Erzähl uns von London, wenn du zu Besuch kommst. Vergiß nicht, wie stolz wir auf dich sind. Nun bist du also wirklich an der Doktorarbeit – ich kann's gar nicht glauben. Deine dich liebende Mutter.«

»Sie sind wirklich stolz auf mich«, sagte Müller.

»Und haben allen Grund dazu«, sagte Marie. Sie räumte den Inhalt des Pakets in einen kleinen Schrank unterhalb der Bücherborde, nahm eine angebrochene Packung Tee heraus. »Ich geh rasch runter und mach uns Tee.«

IX

»Komisch«, sagte Marie, »als ich heute mittag das Rad unten gegen das Gestänge legte, wußte ich schon, daß ich nach der Mittagspause nicht in die Kunststoffhölle zurückradeln würde; es gibt solche Vorgefühle – eines Tages, als ich aus der Schule kam, warf ich das Fahrrad zu Haus wie jeden Mittag gegen die Hecke; es versank immer halb darin, kippte, die Lenkstange hakte sich an irgendeinem dickeren Ast fest und das Vorderrad schwebte in der Luft – und ich wußte, als ich das Rad da hineinwarf, daß ich am anderen

Tag nicht mehr in die Schule gehen würde, daß ich nie mehr in eine Schule gehen würde. Ich war's nicht einfach satt – es war viel mehr, ich wußte eben, daß es einfach ungehörig sein würde, auch noch einen Tag länger zu gehen. Vater konnte nicht drüberkommen, weil es genau vier Wochen vor dem Abitur war, aber ich sagte zu ihm: ›Hast du schon mal was von der Sünde der Völlerei gehört?‹ ›Ja‹, sagte er, ›aber du hast doch mit der Schule nicht Völlerei getrieben.‹ ›Nein‹, sagte ich, ›es ist ja nur ein Beispiel – aber wenn du einen Schluck Kaffee mehr trinkst oder ein Stück Kuchen mehr ißt, als du bis zu einem gewissen Punkt essen oder trinken solltest, ist das nicht Völlerei?‹ ›Ja‹, sagte er, ›und ich kann mir auch was unter geistiger Völlerei vorstellen, nur‹ – aber da unterbrach ich ihn und sagte: ›Es geht einfach nicht mehr in mich rein, ich fühl mich jetzt schon wie 'ne gestopfte Gans.‹ ›Schade‹, sagte Vater, ›daß dir das vier Wochen vor dem Abitur passieren muß. Es ist so praktisch, das zu haben.‹ ›Wofür denn?‹ fragte ich, ›vielleicht für die Universität?‹ ›Ja‹, sagte er, und ich sagte: ›Nein, wenn ich schon in 'ne Fabrik gehe, dann 'ne richtige‹ – und das hab ich getan. Tut dir das weh, wenn ich so was erzähle?«

»Ja«, sagte Müller, »das tut sehr weh, wenn einer etwas wegschmeißt, das zu besitzen für unzählige Menschen der Gegenstand ihrer Träume und Sehnsüchte ist. Man kann auch über Kleider lachen, sie verachten, wenn man sie im Schrank hängen hat oder jederzeit die Möglichkeit, sie sich zu besorgen – man kann über alles lachen, was einem von Natur selbstverständlich ist.«

»Aber ich hab ja gar nicht drüber gelacht und hab's gar nicht verachtet, und ich bin wirklich lieber in eine richtige Fabrik gegangen als auf die Universität.«

»Ich glaub dir's ja«, sagte er, »dir ja, dir glaub ich sogar, daß du katholisch bist.«

»Übrigens habe ich gestern ein Paket von zu Hause bekommen«, sagte Marie, »rat mal, was drin war?«

»Blutwurst, Speck, Kuchen, Zigaretten«, sagte Müller,

»und kein Glutamin – und natürlich hast du die Schnur mit der Schere zerschnitten, das Papier zusammengeknüllt und...«

»Genau«, sagte Marie, »genau, nur hast du etwas vergessen...«

»Nein«, sagte Müller, »ich habe nichts vergessen, du hast mich nur unterbrochen – dann hast du sofort in die Blutwurst reingebissen, in den Kuchen, und dir sofort eine Zigarette angesteckt.«

»Los, auf jetzt, gehen wir ins Kino, und dann bringen wir Schmeck halb um, heute noch.«

»Heute noch?« sagte Müller.

»Natürlich heute noch«, sagte Marie, »alles, was man für richtig findet, soll man sofort tun – und die Frau soll an der Seite ihres Mannes streiten.«

X

Es war schon dunkel, als sie aus dem Kino kamen, und sie fanden den Wächter an der Fahrradwache in tiefer Verbitterung; er bewachte als letztes Maries schmutziges, rappeliges Fahrrad; ein alter Mann, der mit fast auf dem Boden schleppendem Mantel, sich die Hände warmreibend, auf und ab ging, Flüche vor sich hinmurmelnd.

»Gib ihm ein Trinkgeld«, sagte Marie leise. Sie blieb ängstlich an der Kette stehen, die die Radwache vom Opernplatz abtrennte.

»Meine Prinzipien verbieten es mir, Trinkgeld zu geben, außer da, wo sie zum Lohn gehören. Es ist gegen die Würde des Menschen.«

»Vielleicht hast du eine falsche Vorstellung von der Würde des Menschen: mein Urahn, der erste Schlimm, bekam vor siebenhundert Jahren eine ganze Baronie als Trinkgeld.«

»Und vielleicht hast du deshalb so wenig Gefühl für Menschenwürde. Mein Gott«, sagte er leiser, »was gibt man denn in einem solchen Fall?«

»Ich denke, zwanzig oder dreißig Pfennige oder entsprechend viel Zigaretten. Los, bitte, geh du voran, hilf deiner Gehilfin. Es ist mir schrecklich peinlich.«

Müller näherte sich zögernd dem Wächter, hielt das winzige Zettelchen wie einen Ausweis, dem er nicht recht zu trauen schien, vor sich hin, riß, als sich das wütende Gesicht des alten Mannes ihm zuwandte, die Zigarettenschachtel aus der Tasche, sagte: »Tut mir leid, wir haben uns etwas verspätet« – der alte Mann nahm die ganze Schachtel, steckte sie in seine Manteltasche, wies mit stummer Verachtung auf das Fahrrad und ging an Marie vorbei auf die Straßenbahnhaltestelle zu.

»Wenn man leichte Männer liebt«, sagte Marie, »hat man den Vorteil, sie auf dem Gepäckständer mitnehmen zu können.« Sie fuhr zwischen wartenden Autos hindurch bis vorne an die rote Ampel. »Paß auf, Müller«, sagte sie, »daß du nicht mit den Füßen ihren Autolack abkratzt, darin sind sie empfindlich, das ist schlimmer für sie, als wenn ihre Frau einen Kratzer hat.« Und als der Fahrer des neben ihr wartenden Autos die Scheibe herunterdrehte, sagte sie laut: »Ich würde ja an deiner Stelle eine Soziologie der Automarken schreiben. Das Autofahren ist die Schule des Übervorteilens – und die schlimmsten Erscheinungen sind die sogenannten Ritter am Steuer: diese krampfhafte demokratische Freundlichkeit ist wirklich zum Erbrechen; es ist die perfekte Heuchelei, weil man sozusagen für das Selbstverständliche einen Orden verlangt.«

»Ja«, sagte Müller, »und das Schlimmste an ihnen ist, daß sie alle glauben, *sie* sähen anders als die anderen aus, dabei…«

Der Autofahrer drehte rasch seine Scheibe wieder hoch.

»Gelb, Marie«, sagte er.

Marie fuhr los, quer vor den Autos her auf die rechte Straßenseite, während Müller brav den rechten Arm ausstreckte.

»Ich habe eine gute Gehilfin erwischt«, sagte er, als sie in die dunkle Nebengasse einbogen.

»Gehilfin«, sagte Marie, sich halb zurückwendend, »ist

eine schwache Übersetzung von Adjutorium – da steckt noch mehr drin: Beistand, und auch ein bißchen Freude. Wo wohnt er denn?«

»Mommsenstraße«, sagte Müller, »Nummer 37.«

»Da hat er Gott sei Dank einen Straßennamen erwischt, an dem er sich ärgert, sooft er ihn liest, ausspricht, hinschreibt – und ich hoffe, daß er jedes dreimal täglich muß. Er haßt doch sicher Mommsen.«

»Er haßt ihn wie die Pest.«

»Geschieht ihm recht, daß er in der Mommsenstraße wohnt. Wie spät ist es denn?«

»Halb acht.«

»Noch eine Viertelstunde Zeit.«

Sie fuhr in eine noch dunklere Nebenstraße hinein, die auf den Park auslief, sie hielt, Müller sprang ab und half ihr, das Fahrrad durch die Absperrung zu bugsieren. Sie gingen einige Meter in den dunklen Weg hinein, blieben an einem Busch stehen und Marie warf das Fahrrad gegen einen Strauch, es versank halb darin, fing sich an einem Zweig. »Das ist fast wie zu Hause«, sagte Marie, »für Fahrräder gibt es nichts Besseres als Gebüsch.«

Müller umarmte sie, küßte sie auf den Hals und Marie flüsterte: »Bin ich nicht doch ein bißchen zu mager für eine Frau?«

»Sei still, Gehilfin«, sagte er.

»Du hast fürchterliche Angst«, sagte sie, »ich habe gar nicht gewußt, daß man tatsächlich jemandes Herzschlag spüren kann – sag, hast du Angst?«

»Natürlich«, sagte er, »es ist mein erster Überfall – und es kommt mir ganz unglaublich vor, daß wir wirklich hier stehen, um Schmeck in eine Falle zu locken, ihn zu verprügeln. Ich kann gar nicht glauben, daß es wahr ist.«

»Du glaubst eben an geistige Waffen, an Fortschritt und so, und für solche Irrtümer muß man zahlen; wenn es überhaupt je geistige Waffen gegeben hat – heute kannst du sie nicht mehr verwenden.«

»Versteh mich doch«, flüsterte er, »der Bewußtseinsvorgang: hier steh ich also . . .«

»Ihr müßt ja schizophren werden, ihr armen Kerle. Ich wünschte doch, ich wäre nicht so mager. Ich hab gelesen, magere Frauen wären nicht gut für Schizoide.«

»Dein Haar riecht wirklich nach diesem dreckigen Kunststoff, und deine Hände sind wirklich ganz rauh.«

»Ja«, sagte sie leise, »ich bin eben ein Mädchen, wie aus einem modernen Roman. Überschrift: Baronin dreht ihrer Klasse den Rücken, entschließt sich, wahr und wirklich zu leben. Wie spät ist es denn inzwischen?«

»Fast dreiviertel.«

»Dann muß er bald kommen. Ich finde es so schön, daß wir ihn in seiner eigenen Eitelkeit fangen. Du hättest seine Stimme hören müssen, wie er dem Rundfunkreporter sagte: ›Regelmäßigkeit, Rhythmus, das ist mein Prinzip. Gegen sieben Uhr fünfzehn ein leichtes Mahl, eigentlich nur ein Imbiß – dazu starken Tee –, und um dreiviertel acht der allabendliche Spaziergang im Stadtwald‹ – du weißt also, wie es sich abspielen soll?«

»Ja«, sagte Müller, »sobald er da um die Ecke biegt, legst du dein Fahrrad quer über den Weg, und wenn ich dann Tss Tss mache, läufst du hin und legst dich daneben – er wird auf dich zulaufen.«

»Und du kommst aus dem Hinterhalt, prügelst ihn kräftig durch, so fest, daß er einige Zeit braucht, um zu sich zu kommen, und wir türmen . . .«

»Das klingt nicht sehr fair.«

»Fair«, sagte sie, »das sind so Vorstellungen.«

»Und wenn er um Hilfe schreit? Wenn es ihm gelingt, mich zu überwältigen? Er wiegt rund einen Zentner mehr als ich! Und, wie gesagt, das Wörtchen Hinterhalt gefällt mir nicht.«

»Natürlich, ihr habt so eure Vorstellungen. Fairer Wahlkampf und so – und dann unterliegt ihr natürlich immer. Vergiß nicht, daß ich komme und dir helfe, daß ich tüchtig drauflosschlagen werde – und notfalls lassen wir das Fahrrad im Stich.«

»Als corpus delicti? Ich glaube, es ist das einzige Fahrrad in der Stadt, dessen Physiognomie unverkennbar ist.«

»Dein Herz schlägt immer heftiger, immer schneller, du mußt tatsächlich eine Heidenangst haben.«

»Hast du denn keine?«

»Natürlich«, sagte sie, »aber ich weiß, daß wir im Recht sind und daß dies die einzige Möglichkeit ist, eine Art Urteil zu vollstrecken, wo doch die ganze Welt, bis zu den Botokuden, auf seiner Seite ist.«

»Verdammt«, sagte Müller leise, »da kommt er wirklich.«

Marie sprang auf den Weg, riß ihr Fahrrad aus dem Strauch, legte es mitten auf den feuchten Weg. Müller beobachtete Schmeck, der ohne Hut, mit offenem, wehendem Mantel die kleine Straße herunterkam. »Gott«, flüsterte er Marie zu, »wir haben den Hund vergessen, sieh dir dieses Vieh an, ein Schäferhund, fast so groß wie ein Kalb.« Marie stand wieder neben ihm, blickte über seine Schulter auf Schmeck, der heiser »Solveig, Solveig« rief, den Hund, der freudig an ihm hochsprang, abwehrte, einen Stein von der Straße aufhob und diesen auf das Gebüsch zuwarf, wo er kaum zehn Meter von Müller entfernt liegenblieb.

»Verdammt«, sagte Marie, »es mit diesem Köter aufzunehmen, hat gar keinen Zweck; der ist scharf und auf den Mann dressiert – das merk ich ihm an. Wir werden Komplexe kriegen, weil wir's nun doch nicht getan haben – aber es hat gar keinen Zweck.« Sie ging auf den Weg, hob ihr Fahrrad auf, stieß Müller an und sagte leise: »Nun komm doch, wir müssen weg, was hast du denn noch?«

»Nichts«, sagte Müller; er nahm Maries Arm, »ich wußte nur nicht mehr, wie sehr ich ihn hasse.«

Schmeck stand unter der Laterne und streichelte den Hund, der ihm den Stein vor die Füße gelegt hatte; er blickte auf, als das Paar in den Lichtbereich der Lampe trat, blickte noch einmal auf den Hund, dann plötzlich hoch und kam mit ausgestreckten Händen auf Müller zu. »Müller«, sagte er herzlich, »lieber Müller, daß ich Sie hier treffe« – aber Müller gelang es, Schmeck an - und doch durch ihn hindurchzublikken; Schmecks Augen nicht zu treffen; wenn ich sie treffe, dachte er, bin ich verloren, ich muß nicht einfach so tun, als wenn er nicht da wäre; er ist da, und ich lösche ihn mit meinen Augen aus – ein Schritt, zwei, drei –, er spürte Maries Hand fest auf seinem Arm und atmete schwer wie nach einer ungeheuren Anstrengung.

»Müller«, rief Schmeck, »Sie *sind* es doch – verstehen Sie denn keinen Spaß?«

Der Rest war leicht: einfach weitergehen, rasch und doch nicht zu rasch . . . Sie hörten, wie Schmeck noch einmal Müller rief, laut, dann leiser: Müller, Müller, Müller – dann waren sie endlich um die Ecke herum.

Marie seufzte so schwer, daß er erschrak; als er sich ihr zuwandte, sah er, daß sie weinte. Er nahm ihr das Fahrrad aus der Hand, lehnte es gegen einen Gartenzaun, wischte mit dem Zeigefinger ihre Tränen beiseite, legte ihr die freie Hand auf die Schulter. »Marie«, sagte er leise, »was ist denn?«

»Ich habe Angst vor dir«, sagte sie, »das war kein Überfall, sondern Mord. Ich habe Angst, daß er Müller, Müller, Müller flüsternd für alle Ewigkeit in diesem kümmerlichen Stadtwald umherirrt – es ist wie ein sehr schlimmer Traum: Schmecks Geist mit dem Hund, im feuchten Gebüsch, der Bart wächst ihm, wird so lang, daß er ihn wie einen zerfransten Gürtel hinter sich herschleppt – und immer flüstert er: Müller, Müller, Müller –. Soll ich nicht mal nach ihm schauen?«

»Nein«, sagte Müller, »nein, schau nicht nach ihm, dem geht es ganz gut. Wenn du Mitleid mit ihm hast, schenk ihm zum Geburtstag einen Lodenmantel. Du kannst gar nicht ermessen, was er mir angetan hat; er hat aus mir das Wunderarbeiterkind gemacht, er hat mich gefördert, so nennt man es, und wahrscheinlich erwartet er die Lodenmäntel als selbstverständlichen Tribut – aber ich entrichte ihm diesen Tribut nicht, nicht freiwillig. Der wird morgen früh, so zwischen Tür und Angel, zu Wegelot, seinem ersten Assistenten, sagen: ›Übrigens ist Müller nun doch ins reaktionäre Lager zu Livorno übergewechselt, er rief mich gestern an, sagte, er wolle aus dem Seminar austreten‹ – und er wird die Tür noch einmal zumachen, auf Wegelot zugehen und sagen: ›Schade um Müller, sehr begabt, nur war sein Entwurf zu der Dissertationsarbeit einfach miserabel, unbrauchbar. Es ist halt schwer für diese Leute, die nicht nur gegen die Umwelt, auch noch gegen ihr eigenes Milieu ankämpfen. Schade‹ – dann noch einmal auf die Lippen gebissen und weg.«

»Bist du ganz sicher, daß es so kommen wird?«

»Ganz sicher«, sagte Müller, »komm, wir gehen nach Hause. Keine Träne um Schmeck, Marie.«

»Es waren keine Tränen um Schmeck«, sagte Marie.

»Um mich etwa?«

»Ja – du bist so schrecklich tapfer.«

»Das klingt nun wirklich wie in einem sehr modernen Roman. Gehn wir nach Hause?«

»Fändest du es schrecklich, wenn ich wenigstens eine (in Worten eine) warme Mahlzeit haben möchte?«

»Schön«, Müller lachte, »fahr mich ins nächste Restaurant.«

»Wir gehen besser zu Fuß. Um diese Zeit sind viele Polizisten unterwegs: Stadtwald, wenig Laternen, Frühlingsluft – Vergewaltigungsversuche – und ein Protokoll kostet uns soviel wie zwei Gulaschsuppen.«

Müller führte das Rad. Sie gingen langsam die Straße hinunter, am Stadtwald entlang; als sie aus dem Licht der nächsten Laterne traten, sahen sie einen Polizisten, der tief im Schatten hinter der Absperrung an einem Baum lehnte.

»Siehst du«, sagte Marie so laut, daß der Polizist es hören konnte, »schon haben wir zwei Mark fürs Protokoll gespart, aber sobald wir außer Sicht sind, kannst du aufsteigen.«

Als sie um die nächste Ecke bogen, stieg Marie aufs Rad, lehnte sich dabei gegen den Bordstein, ließ Müller aufsteigen.

Sie fuhr rasch los, beugte sich halb zurück und rief ihm zu:
»Was willst du denn jetzt machen?«

»Wie?«

»Was du machen willst.«

»Jetzt oder überhaupt?«

»Jetzt *und* überhaupt.«

»Jetzt geh ich mit dir essen, und überhaupt werde ich morgen zu Livorno gehen, mich bei ihm einschreiben, anmelden und ihm einen Vorschlag für eine Dissertationsarbeit machen.«

»Worüber?«

»Kritische Würdigung des Gesamtwerkes von Schmeck.«

Marie fuhr an den Bordstein, stoppte, wandte sich auf dem Sattel um: »Worüber?«

»Ich sagte es doch: Kritische Würdigung des Gesamtwerkes von Schmeck. Ich kenn's ja fast auswendig – und Haß ist eine gute Tinte.«

»Liebe nicht?«

»Nein«, sagte Müller, »Liebe ist die schlechteste Tinte, die es gibt. Fahr los, Gehilfin.«

Heinrich Böll
Werke 1–10

Herausgegeben von Bernd Balzer
10 Bände in zwei Kassetten. 5.902 Seiten.

Heinrich Bölls Werk hat seit den ersten Kurzgeschichten von 1947 innerhalb von dreißig Jahren einen Umfang und eine Vielfältigkeit erreicht, die zur Bestandsaufnahme nötigten. Bernd Balzer, Professor für Neue Literatur, ist Herausgeber der zehnbändigen Werkausgabe.
Die Bände 1–5 enthalten in chronologischer Ordnung die Romane und Erzählungen, die Bände 6–10 Hörspiele, Theaterstücke, Drehbücher, Gedichte, Essayistische Schriften und Reden, Interviews. Alle Bände bringen neben den bekannten Titeln auch zahlreiche wiederentdeckte und bisher unveröffentlichte Arbeiten.

k&w
Verlag Kiepenheuer & Witsch

 **Lexikon**

Ein Konversationslexikon in 20 Bänden.
Jeder Band ca. 320 Seiten; mit insgesamt über
100 000 Stichwörtern von A bis Z,
5600 Abbildungen und 32 Farbtafeln.
Dieses handliche Nachschlagewerk wurde vom
Deutschen Taschenbuch Verlag nach den
lexikalischen Unterlagen des Verlags
F. A. Brockhaus erarbeitet.
Bei den zahlreichen Neuauflagen und Nach-
drucken werden laufend aktuelle Ergänzungen
eingearbeitet.
3051–3070

Romane und Erzählungen von

Heinrich Böll

Heinrich Böll:
Die verlorene Ehre
der Katharina Blum

dtv

Irisches Tagebuch
1

**Zum Tee bei Dr. Borsig
Hörspiele**
200

**Als der Krieg ausbrach
Erzählungen**
339

**Nicht nur zur
Weihnachtszeit
Satiren**
350

**Ansichten eines Clowns
Roman**
400

**Wanderer, kommst du
nach Spa . . .
Erzählungen**
437

**Ende einer Dienstfahrt
Erzählung**
566

**Wo warst du, Adam?
Roman**
856

**Billard um halbzehn
Roman**
991

**Die verlorene Ehre der
Katharina Blum
oder: Wie Gewalt ent-
stehen und wohin sie
führen kann
Erzählung**
1150

Schriften von und über

Heinrich Böll

Heinrich Böll:
Schwierigkeiten
mit der Brüderlichkeit
Politische
Schriften

dtv

**Aufsätze – Kritiken
Reden
616, 617**

**Der Lorbeer ist
immer noch bitter
Literarische Schriften
1023**

**Schwierigkeiten mit der
Brüderlichkeit
Politische Schriften
1153**

**Hierzulande
Aufsätze zur Zeit
sr 11**

**Frankfurter Vorlesungen
sr 68**

**Werner
Lengning (Hrsg.):
Der Schriftsteller
Heinrich Böll
Ein biographisch-biblio-
graphischer Abriß
530**

**Marcel Reich-Ranicki:
(Hrsg.):
In Sachen Böll
Ansichten und
Einsichten
730**

Der Schriftsteller
Heinrich Böll
Ein biographisch-bibliographischer Abriß

■ Wo warst du,
Adam
■ Und sagte
kein einziges
Wort
■ Haus ohne
Hüter
■ Das Brot der
frühen Jahre
■ Wanderer,
kommst du
nach Spa...
■ Nicht nur zur
Weihnachtszeit
■ Dr. Murkes
gesammeltes
Schweigen
■ Irisches
Tagebuch
■ Hierzulande
■ Billard um
halbzehn
■ Ansichten
eines Clowns
■ Ende einer
Dienstfahrt
■ Gruppenbild
mit Dame

dtv

Der Taschengoedeke

Das Verzeichnis enthält, alphabetisch nach
Verfassern geordnet, die wichtigen Werke der
deutschen Literatur, der Philosophie, der
Kunst- und Musikwissenschaft, Verzeichnisse
der gelüfteten und nicht gelüfteten Anonyma
und Pseudonyma und auch Übersetzungen.
Mit Verweisen auf den »großen« Goedeke;
reicht allgemein bis etwa 1880.
WR 4030, 4031